QUI SAIT

PAULINE DELABROY-ALLARD

QUI SAIT

roman

GALLIMARD

L'autrice a bénéficié pour l'écriture de ce livre d'une bourse du CNL.

Les citations de Claudel sont extraites de *Partage de midi*, Éditions Gallimard, 1949.

Les jours sont si pareils qu'on dirait qu'ils ne font qu'un seul grand jour blanc et noir.

PAUL CLAUDEL,
Partage de midi

QUE PUIS-JE SAVOIR ?

Une petite fille, un jour : Et avant que je sois née, les autres étaient déjà là ? Et une autre petite fille, une autre fois : Et après que je sois morte, il se passera encore quelque chose ?

JEAN-LUC LAGARCE,
L'Apprentissage

1

J'attends que quelque chose se passe. Je crains, à tout moment, que ça ne fonctionne pas, qu'il y ait un problème, un chaînon manquant. Je ne vois pas comment cette opération pourrait se dérouler sans encombre. J'ai pris un numéro à l'entrée du service état civil, j'ai pris aussi mon air le plus désinvolte, comme si cela m'arrivait tous les mardis, d'aller me faire faire une identité. Normal, tout est normal, je me répète intérieurement. Je guette mon numéro sur le grand tableau électronique au-dessus de ma tête, ça tinte et quand ça tinte, les chiffres lumineux changent, ça dure un millième de seconde mais quand même, ça fait comme un dessin mouvant, on ne voit pas tout de suite quel chiffre va être dessiné sur l'écran, le temps d'un tout petit suspens, de contenir un instant son souffle avant de savoir si c'est enfin son tour, oui ou non.

Quand c'est leur tour, les gens se lèvent d'un bond, hop, les deux pieds bien ancrés dans le sol, les dames font parfois tomber leur sac à main dans la précipitation, le ramassent, se relèvent prestement un peu décoiffées, confuses d'avoir été surprises dans un moment d'empressement, alors que bon, ça va, on est à la mairie quoi. Mais se faire appeler, entendre son nom, ça fait toujours quelque chose. Je guette, comme les autres, je regarde, à chaque tintement, les chiffres rouges sur l'écran à cristaux liquides se transformer en nouveau nombre, on dirait des serpents dans un vivarium. Je suis persuadée que mon chiffre à moi n'apparaîtra pas, qu'ils savent tous, déjà, que je suis hors la loi, que j'ai passé plus de trente ans sans carte d'identité, que j'ai existé plus de trente ans sans exister, qu'il vaut mieux m'ignorer, du coup, ça ne peut être qu'une fille à problèmes, celle-là, donnons-lui donc un numéro mais ne l'appelons jamais, elle observera toute la journée les cristaux liquides, elle a l'air un peu givrée, à coup sûr c'est le genre de fille qui doit trouver que ça ressemble à des serpents dans un vivarium.

L'employé de mairie est un homme qui déborde de sa chaise mais pas de gaieté de vivre. Il a même l'air complètement sinistre. Il ne me regarde pas dans les yeux quand il me prie de m'asseoir, il ne me regarde pas du tout d'ailleurs, il dit sortez votre dossier et, à ce moment-là, je me félicite d'en avoir un, de dossier, de pouvoir continuer à avoir l'air détendue comme si ça m'arrivait tous les quatre matins, mon dossier, mais oui, bien sûr, le voilà, tenez. Il y a deux plaques de plexiglas de part et d'autre de son bureau, qui isolent des autres bureaux derrière lesquels d'autres procèdent exactement comme lui, disent les mêmes phrases exactement. Je me demande ce que ça fait, de brasser toute la journée des identités, de dire sortez votre dossier et de noter les noms, de vérifier les photos. Il marmonne qu'il va falloir que j'aille refaire une photographie, que celle que j'ai donnée, en deux exemplaires comme convenu, n'est pas aux normes, à cause de mes lunettes, on pourrait ne pas me reconnaître. Penser que ça n'est pas moi, la fille sur la carte d'identité. Ça y est, j'en étais sûre, ils vont voir que quelque chose cloche, que c'est bizarre, quand même, cette histoire. Il appelle sa voisine, de l'autre côté du plexiglas, sa silhouette floue devient concrète, rouge à lèvres rose vif bien posé, parfaitement assorti à la couleur du vernis à ongles et à celle du chemisier en mauvais coton, à manches courtes, qui laisse entrevoir des bras émouvants de finesse et de blancheur. Il lui montre ma photographie, mes deux photographies, enfin la même photographie fournie deux fois, comme convenu. Leurs visages s'approchent, reculent, ils froncent les sourcils en même temps, se rapprochent encore. Tu vois ce que je veux dire, les lunettes font comme un éclat, ça ne passera pas. Elle répond qu'elle n'est pas si sûre, elle prend ma photographie dans sa main manucurée, elle la scrute à nouveau avec attention, je fixe le vide-poche de bureau dans lequel il y a des trombones, regardez-moi s'il vous plaît, je la regarde, elle me regarde, elle sourit, elle dit à l'employé de mairie je vois ce que tu veux dire mais je pense que c'est bon.

Il grommelle. Je remarque ses mains pour la première fois. Je suis horrifiée par les ongles de ses deux pouces, extrêmement longs, si longs qu'on se demande comment il peut accomplir certains gestes du quotidien, avec des ongles pareils. Je me tais, je baisse la tête. Il m'interroge, est-ce bien la première fois que je fais la démarche pour obtenir une carte d'identité ? Je dis oui, la voix tremblante. Très bien, alors voici votre récépissé. Il ajoute ne le perdez pas, surtout, vous en aurez besoin pour venir chercher votre carte, et puis c'est fait, il ne me reste plus qu'à attendre. J'ai tout donné, les deux photographies de moi identiques et conformes aux normes, un justificatif de domicile, un acte de naissance de moins de trois mois, original et photocopie. Je repars libre. Avec la promesse d'obtenir, d'ici une à trois semaines, ma première carte d'identité.

Il n'a pas dit c'est surprenant, que vous n'ayez jamais eu de carte d'identité. Il n'a pas dit pourquoi faites-vous une carte d'identité aujourd'hui, si vous n'en avez jamais eu. Il n'a pas dit mais, même quand vous étiez enfant, vous n'en avez jamais eu. Il n'a pas dit pourquoi avez-vous un double nom de famille. Il n'a pas dit est-ce que vous êtes mariée, est-ce le nom de votre époux, de votre épouse. Il n'a pas dit vous avez donc quatre prénoms, en tout. Il n'a pas dit c'est étrange, ce prénom d'homme au milieu de ces prénoms féminins. Non, tout ça, il ne l'a pas dit. Sur le parvis de la mairie, j'examine le récépissé. J'entends le brouhaha des gosses du quartier qui jouent au ballon, les bribes de conversation qui s'échappent du talkie-walkie du vigile gardant l'entrée de manière ni très convaincue ni très convaincante. Je lis et relis les lignes du papier. Nom d'usage : néant. Nom d'usage : rien, zéro, le vide, la fumée. Nom d'usage : aucun, nullard, manque, vapeur, abîme. Né-ant. Puis sur la ligne en dessous, mes prénoms, tous. Ne le perdez pas, surtout, vous en aurez besoin. Je range le papier dans mon portefeuille.

2

Moins d'une semaine après, un message m'informe que ma carte d'identité est arrivée à la mairie. J'accours presque, avec le fameux papier. Je prends allègrement un ticket, j'attends avec les autres en guettant les chiffres à cristaux lumineux, le cœur léger, cette fois, je suis impatiente. C'est mon tour, je me précipite au comptoir, un homme très aimable farfouille dans une espèce de boîte à chaussures avec des intercalaires en carton manifestement faits main, j'ai le temps de me dire que bon, la préfecture de Paris pourrait quand même offrir du meilleur matériel de travail à ses employés, il me sourit, prend mon papier, me tend en échange une carte plastifiée. Dessus, c'est bien moi. Il y a ma photo. Je me reconnais. Oui, c'est moi. Ma date de naissance. Ma taille. Mon prénom, Pauline. Et les autres. Jeanne, Jérôme, Ysé.

Non mais qui c'est, les autres? Qui c'est?

Je n'avais jamais eu de carte d'identité, avant ça, avant ce jour-là de l'année de mes trente ans. Je savais, quand même, que je portais d'autres prénoms que le mien. C'est lorsque j'avais passé l'examen du baccalauréat que j'en avais pris conscience pour la première fois. Les listes des résultats étaient affichées en grand format dans la cour du lycée. On cherchait ensemble, avec les copains, à savoir si on avait réussi ou pas, si on avait obtenu une mention. On suivait du doigt les lignes très serrées avec les noms de famille d'abord, puis les prénoms, et, au bout de la ligne, le résultat de l'examen. Une copine avait suivi ma ligne du doigt. Pauline, ah t'es là! Mais c'est quoi, ça? Pourquoi t'as un prénom de mec, ils se sont trompés ou quoi ? Bah non, ils ne s'étaient pas trompés. Je venais d'avoir dix-sept ans, j'avais eu mon bac, mention assez bien. Et je recevais aussi un paquet de questions, avec ces trois prénoms accolés au mien. Jeanne, Jérôme, Ysé. C'est qui, hé, vous êtes qui ? Traditionnellement, les parents donnent en prénoms secondaires ceux des grands-parents disparus, des marraines ou des parrains, des prénoms qu'ils n'ont pas osé donner en premier, ou sur lesquels ils n'étaient pas d'accord. J'avais confusément l'intuition que ce n'était pas ça, dans mon cas. Et pourtant ils étaient là. Tous les trois. Deux femmes, un homme. Ce n'est pas anodin, tout de même, d'être escortée dans l'existence par trois inconnus.

Depuis mes dix-sept ans, j'ai souvent pensé à eux, je me suis demandé de nombreuses fois quelles étaient leurs origines. Les femmes, d'abord. Jeanne. D'où pouvait bien me venir ce prénom, le féminin du prénom de mon père ? Et puis Ysé. Un prénom jamais entendu ni vu ailleurs. Et enfin ce prénom d'homme. Jérôme. Pourquoi donner un prénom d'homme à un bébé fille, quelle drôle d'idée ! Dans ma famille, on ne parle pas. Enfin si, on se raconte des tas de choses et on adore ça, tant qu'on ne parle pas du passé, des passés. Le passé de notre père n'est jamais évoqué. Celui de notre mère, encore moins. Leur passé commun, avant nos naissances, ce n'est même pas la peine d'y penser. On évite de poser des questions, même s'il arrive qu'on obtienne des réponses. Mais la plupart du temps, il s'agit de botter en touche, de rire pour planquer une vérité, de faire un écart, de répondre autre chose, des sornettes, des inventions.

On n'a pas la télévision. On n'a pas de vêtements neufs. On ne mange pas de pâte à tartiner le matin. On ne mange pas de bonbons. On ne franchit pas les frontières du pays où nous sommes nés. On ne parle pas du passé de nos parents. On ne pose pas de questions. On fait nos devoirs. On prend nos douches. On termine nos assiettes. On se lave les dents. On va se coucher. On chuchote dans le noir. On va au conservatoire. On va au musée. On va au théâtre. On reçoit des livres emballés dans du papier cadeau. On écoute la radio. On n'écoute pas de chansons populaires. On ne sait pas qui est Johnny Hallyday. On ne sait pas qui est Michel Platini. On ne pose pas de questions. On ne demande pas qui est Johnny Hallyday. On ne demande pas qui est Michel Platini. On ne demande pas qui sont nos parents. On va au cinéma. On va à la Samaritaine. On pique des Craven A dans le tiroir du bureau en bois. On va à la bibliothèque. On va au solfège. On ne regarde pas de photos. On ne sait pas qui est Leonardo DiCaprio. On ne sait pas qui sont les Spice Girls. On ne demande pas qui est Leonardo DiCaprio. On pleure à la mort de François Mitterrand. On a des baby-sitters. On ne les aime pas. On ne leur pose pas de questions. On prend nos douches. On met nos chaussons. On travaille nos instruments de musique. On va à la piscine le samedi matin. On mange des rougets achetés le dimanche matin au marché. On se promène le dimanche après-midi. On ne parle pas de comment c'était avant. On ne pose pas de questions. On ne demande rien. Je ne demande rien. Je grandis dans le blanc. J'invente les réponses. Dans ma langue maternelle.

3

Parfois, il y a Jérôme dans la conversation. Ce prénom qui arrive, comme ça, entre mon père et ma mère. Nous, moi, mon frère, ma sœur, on ne comprend rien, on ne pose pas de questions. Je ne demande pas qui c'est, ce type. Je ne demande pas pourquoi son prénom figure à côté du mien, sur les papiers officiels. On sent, et c'est tacite, qu'il vaut mieux éviter le sujet. Jeanne, on n'en entend jamais parler. Et Ysé, un jour, mais c'était quand, je ne sais plus, un jour je comprends que s'il y a Ysé, dans la liste de mes prénoms, c'est en référence au personnage de la pièce de Paul Claudel, *Partage de midi*. Je ne sais pas ce que cette pièce représente pour mes parents, ils ne me disent rien, je pense détenir cette information d'une des conversations qu'il m'arrivait, enfant, puis adolescente, d'espionner, pelotonnée sur une marche de l'escalier de la maison familiale.

J'ai trente ans. Je fête mes trente ans. Je les fête en sachant que l'année d'après, je ne fêterai plus jamais seule mon anniversaire. Il y aura quelqu'un d'autre à mes côtés, ce quelqu'un qui grandit dans mon ventre. Quelque temps après, je constitue le dossier pour obtenir ma première carte d'identité. J'avais déjà un passeport, fait dans une mairie de banlieue dès que j'avais quitté la maison familiale, pour passer enfin les frontières, m'ouvrir sur le vaste monde. Mais à présent, il me fallait une carte d'identité. Un papier qui ne me permette pas de fuir, cette fois, mais bien de m'ancrer, de m'implanter, de m'incarner dans ce territoire qui est le mien, cette nouvelle histoire que je suis en train d'écrire. Et les trois fantômes me sautent à la gorge, sur le parvis de la mairie où je découvre le bout de plastique officiel. Il faudrait que je sache. Moi qui vais donner naissance, je ne sais rien de ceux qui m'accompagnent depuis la mienne. Pourquoi eux ? Qui sont-ils ? Jeanne, Jérôme, Ysé. La litanie de leurs prénoms, une petite musique dans ma tête, depuis des années, qu'il est temps d'écouter. Jeanne, Jérôme, Ysé. Mes fantasmes, mes zombies. Ils sont là, à mes côtés. Mes parents ont choisi de les faire se pencher sur moi. Jeanne, Ysé, bonnes fées, mauvaises fées. Jérôme, roi mage, mirage. Il me devient urgent d'aller à leur rencontre, à tous les trois, avant de prénommer à mon tour celui ou celle qui nage dans mon ventre. Je décide de suivre les chemins que j'ai trouvés sans le vouloir et de voir où ils me mèneront. Je veux creuser la couche épaisse de l'identité qui est la mienne, qui semble être la mienne, avant de donner naissance à une nouvelle identité. Je veux gratter le palimpseste. Je veux les décrire, les écrire. Dans le même temps, je préférerais faire partie de ceux qui savent inventer des personnages, disparaître derrière eux. Je m'en veux de me placer sur le devant de la scène, de ne pas savoir être le marionnettiste caché derrière le paravent. Mais c'est ainsi, ils m'habitent. Ils m'occupent. Je vais les chercher, les trouver, les débusquer. Je vais apprendre à les connaître, comme on apprend à connaître les membres d'une famille recomposée, un vieux parent oublié. Je n'ai pas beaucoup d'indices. Je vais devoir prospecter, explorer, fouiller. Poser des questions me paraît vain, elles seraient balayées. Je vois d'ici le regard de ma mère, son visage tout entier, la manière dont elle se volatiliserait, à l'instant même où je la confronterais. De ce point de vue, je suis restée une petite fille.

En sortant de la mairie, malgré tout, je lui téléphone. Elle n'est pas très concentrée, elle doit sortir faire des courses avant que les boutiques ferment, je sens qu'elle n'écoute que d'une oreille. Je lui raconte que je tiens en main ma première carte d'identité, qu'il était temps, et je lui dis, le plus nonchalamment possible, tiens, d'ailleurs, je me demandais, c'est marrant ces prénoms que vous m'avez donnés, je les vois, là, Jeanne, Jérôme, Ysé, et je m'interroge. Comment ça, c'est marrant, elle répond. Bah oui, je risque, c'est singulier, si tu préfères, c'est curieux, c'est étonnant, inhabituel ça c'est sûr, tu saurais me dire pourquoi, pourquoi je m'appelle comme ça? Elle soupire. Elle soupire bruyamment, elle tousse, je l'entends qui saisit la trousse en tissu qui contient son tabac pour se rouler une cigarette. Je pense que c'est gagné, qu'elle va enfin prendre un moment pour me parler, m'expliquer. Mais non, pas du tout. Elle a sa voix que je lui connais bien, sa voix qui ne transige pas, ah ma chérie, j'ai pas le temps, et tu m'emmerdes avec tes questions, tu sais bien que j'ai horreur de ça.

Pas de questions alors, pas de vagues. J'écris parce que le regard de ma mère s'évapore, parce que son silence m'enveloppe. J'écris pour remplir les vides. J'écris pour voir après. J'écris pour plaire. J'écris pour passer la nuit. J'écris pour triturer du bout du doigt les blessures de l'existence. J'écris pour déplaire. J'écris pour ne plus avoir peur. J'écris pour sauver ce qui peut l'être. J'écris pour savoir qui je suis. Si je n'obtiens pas de réponses, alors j'inventerai.

4

C’est presque la fin de l’été, la fin des vacances. Sur le chemin du retour, il y a deux choses. La grotte du Pech Merle. Et puis la maison de mes grands-parents, que je n’ai pas vus depuis des années. Impossible de faire comme si je l’ignorais, notre route passe juste à côté de chez eux. Être si près sans leur téléphoner, sans aller les voir, ça paraît impensable. Je prends mon courage à deux mains. J’appelle ma grand-mère. Le téléphone sonne longuement, c’est mon grand-père qui décroche. Il est surpris de m’entendre. Tant d’années après, il faut dire. On parle quelques secondes à peine, puis il déclare qu’il va appeler ma grand-mère, ne bouge pas, d’accord. Je ne bouge pas, non, j’attends sagement, dans la voiture que ma compagne a garée sous un arbre, en espérant qu’il fasse un peu moins chaud dans l’habitacle que plus loin, sous le cagnard. Dans le combiné, j’entends des murmures, des bruits confus. Elle, elle me regarde, des questions plein les yeux, depuis un arbre auquel elle s’est adossée. Je suis assise sur le siège passager, la portière ouverte, les pieds dans l’herbe. Je lui fais signe que c’est long, une espèce de moulinet avec le poignet. Et puis la voix de ma grand-mère, allô. Je balbutie d’abord des excuses, pour avoir gardé le silence aussi longtemps. Des années, il faut dire. Ce n’est pas rien. J’explique la situation, le plus simplement possible. Je raconte que je vis dorénavant avec une femme, que nous sommes venues en vacances dans la région, que nous voyageons en voiture, que nous comptons remonter à Paris le lendemain, mais que, si jamais, sur le chemin du retour, nous pouvions venir leur dire bonjour. Elle est interloquée, je le sens bien, forcément, après toutes ces années. Elle répond d'accord, qu'on peut venir déjeuner demain, sur la route de Paris, elle a du melon, du jambon, du pâté, ce genre de choses, et avec la canicule et puis la vieillesse, de toute manière ils n'ont plus très faim.

Pech Merle, c'était un caprice de ma part. Une envie subite. Je voulais voir la grotte. Mais enfin, tu es claustrophobe je te rappelle, elle s'était exclamée. Et dans ton état, est-ce une bonne idée ? Oui, bon. Certes. Mais je voulais voir la grotte. C'était comme ça. J'avais peur des éboulis, bien sûr, peur de rester coincée six pieds sous terre, d'être enterrée vivante. Mais vraiment, c'était hors de question que je reparte de la région sans avoir vu cette grotte, sans y être allée. Je voulais, je voulais, je voulais, j'étais prête à me rouler sur le sol s'il le fallait, c'était comme ça, inenvisageable autrement. Elle avait soupiré, elle avait sans doute compris que ça ne servait à rien de batailler, elle avait dit d'accord. On avait avancé à travers les causses désertiques et pelés, descendu des vallons, continué le long d'une rivière. Sur le bord de la route, des panneaux indiquaient Pech Merle, et, chaque fois, les voir me mettait le cœur en joie, je babillais dans la voiture, je la saoulais de paroles. Je n'avais jamais eu de passion pour la Préhistoire, pourtant je ressentais ce désir, cette envie qui ne cessait de croître au fur et à mesure qu'on avalait les kilomètres. Je bouillais d'impatience. Aller sous terre était devenu vital, une obsession. Je la faisais rire, en faisant mon auto-analyse à haute voix. Creuser la surface à défaut de creuser les mystères. Descendre sous terre pour descendre en moi-même. Aller dans le sombre, là où la lumière ne perce pas, pour mieux déterrer les ombres. Pour les mettre au jour, peut-être, en ressortant de là ; si jamais j'en ressortais, j'ai précisé. Bla, bla, bla. Je plaisantais, mais j'avais envie de ça, très fort. D'y aller franco, comme on dit. Peut-être même de faire l'expérience d'un enfouissement. D'une inhumation.

On a trouvé des ossements, dans la grotte du Pech Merle. Des ossements d'ours, de hyènes. C'est ce qu'indique la guide qui nous conduit hardiment, nous et tout un groupe, des dizaines de mètres sous terre. Les quelques enfants présents commencent à râler qu'ils n'ont pas envie de descendre. Que c'est bien sombre, qu'on n'y voit goutte. Et que pour couronner le tout, il fait froid. Ah ça, lance la guide, je vous avais bien dit de mettre une petite laine. Il fait douze degrés, elle claironne. Les parents maugréent. Le groupe est constitué, la visite a commencé et on ne peut pas remonter à la surface sans être accompagné. Ils engueulent leurs enfants, leur laissent leurs chandails, leurs pull-overs. Maintenant qu'on y est, on y reste, ils chuchotent, dents serrées. Regardez ça, dit la guide, nous sommes dans la galerie du Combel, et figurez-vous que la racine d'un chêne a traversé la voûte et pénétré ainsi dans la grotte, c'est incroyable, n'est-ce pas ? Si vous le souhaitez, l'arbre à qui appartient cette racine peut être observé à l'extérieur de la grotte. Vous le trouverez facilement, il porte un point d'interrogation blanc, sur son tronc, à la peinture. Allons maintenant voir la frise noire, elle propose en remontant la fermeture Éclair de sa polaire, suivez-moi et faites bien attention à l'endroit où vous posez les pieds. On avance, à la queue leu leu, à tout petits pas incertains. Je me sens bien, entourée de deux humains, sur ce chemin pourtant ardu, escarpé. Voyage au centre de la Terre. C'est une paroi de sept mètres de long, nous informe la guide, et on n'y trouve pas moins de vingt-cinq dessins d'animaux. Vous arrivez à repérer le cheval, les enfants ? Et les bisons, vous les voyez, les bisons ? Et les mammouths, il y en a combien, des mammouths, quelqu'un peut me le dire ? Elle change de voix pour nous annoncer à nous, adultes, que ces dessins datent d'environ vingt-cinq mille ans apé. Apé ? AP. Ou ahah, elle ajoute. Ahah ? Oui, AA. AP, c'est pour Avant le Présent. AA, c'est pour Avant Aujourd'hui. C'est comme ça qu'on dit.

Vingt-cinq mille ans apé. Avant le présent. C'est un chiffre qui donne le vertige. Et moi, est-ce que j'existais déjà, il y a quelques années ; je veux dire, est-ce que j'existais avant d'exister, est-ce qu'on existe, un peu, déjà, avant d'exister ? Dans les conversations de ceux qui, bientôt, vont nous faire exister. Dans les fantômes et les ombres de ceux qui sont alors bien vivants, avant de nous suivre, morts, jusqu'au jour de notre propre mort. Combien d'années apé, pour moi ? Avant le présent. Avant aujourd'hui. Allez, suivez-moi, poursuit la guide en s'enfonçant encore plus loin dans les boyaux. Ce qu'on appelle la corniche, c'est ici. Remarquez les dessins au trait noir, des bisons à nouveau, des mammouths encore. Oui, monsieur, tout à fait, ce sont aussi des peintures rupestres de vingt-cinq mille ans apé. Est-ce qu'on pourra manger une glace en sortant de là, demande un moutard. On verra, rétorque sa mère, vu la température, on boira plutôt un chocolat chaud. Dis pas de conneries, intervient le père, tu sais bien qu'au grand air, il fait trente-huit degrés, c'est oui, pour ta glace, il balance au petit, mais avance s'il te plaît, en attendant. Dans la salle des peintures, impossible de ne pas rester baba devant les figures des chevaux ponctués, des silhouettes de chevaux emplies de pois noirs. Je ne dis plus rien. Je suis hypnotisée. Je ne sens plus l'air froid qui entre sous ma robe, je ne l'entends plus qui me parle à l'oreille pour qu'on se moque ensemble des familles autour de nous. On ne sera pas comme ça, hein, nous, elle rit en posant une main sur mon ventre. Je suis médusée devant le spectacle qui s'offre à moi. Et n'oubliez pas d'observer le plafond où se trouvent les tracés digitaux, très célèbres aussi, souligne la guide. Le plafond que les hommes préhistoriques ont probablement atteint en grimpant sur des blocs de pierre effondrés, parce qu'ils étaient agiles et acrobates en plus d'être artistes.

Et maintenant, mon endroit préféré. Je crois que je vous l'ai déjà dit, mais l'entrée de la grotte fut bloquée lors de la dernière fonte glaciaire, il y a environ dix mille ans. C'est cette date et l'assurance de l'existence de ce phénomène qui nous certifient que ce que vous allez voir là est authentique. En parlant, elle se décale, nous laissant apercevoir un bloc de terre dans lequel sont gravées pour toujours les empreintes d'une douzaine de pas. Il s'agit des pas d'un enfant ou d'un adolescent. Ouais, marmonne le gosse qui voulait une glace, moi aussi je sais le faire. Mais sa mauvaise humeur est balayée quand la guide raconte que l'endroit où nous allons passer à présent était, à l'époque préhistorique, un passage où on ne pouvait avancer qu'en rampant. Trop stylé, il s'exclame. Dans ce passage, soyez attentifs, il y a la gravure d'une tête d'ours, datant d'environ vingt-quatre mille ans apé.

Et puis, à la fin de la visite, les voilà, les mains négatives, les mains rouges au pochoir, probablement féminines, précise la guide. Elle explique le procédé, et même le gosse à la glace se tait, elle explique que la technique utilisée est celle du soufflage, du crachis, soit directement avec la bouche, soit avec une sarbacane. Elle indique que les mains positives, qui sont obtenues en appliquant sur la paroi rocheuse une main enduite de pigment coloré, existent aussi, dans d'autres grottes, mais sont beaucoup plus rares, et cette information m'étonne. Pour laisser une trace de son passage, il me semble que le plus simple, ce que je ferais moi, en tout cas, c'est de coller ses mains sur les murs. L'idée de souffler autour des mains un liquide coloré, de le cracher avec la bouche le long de chacun des doigts, le long du poignet, est d'une ingéniosité qui me transperce. Je regarde un long moment l'empreinte rouge que nous montre la guide, entourée de ponctuations, comme elle appelle ça, qui sont les fameux pois qui remplissaient aussi les silhouettes des chevaux. J'ai du mal à détacher mes yeux des cinq doigts de la main fixés à jamais sur la roche. Je me demande à quelle femme ont appartenu cette main, ces doigts. Pourquoi a-t-elle voulu en laisser la trace sur les parois d'une grotte plongée à plusieurs mètres sous terre ? Pour dire quoi ? Pour parler à qui ?

On ressort de là. Tu veux une glace, elle propose, moqueuse. Mais ma peau a gardé les frissons trouvés sous terre, et je suis sonnée, poursuivie par la vision des mains rouges sur la paroi de la grotte. J'aurais voulu mettre ma main sur celle de la roche. Toucher l'autre femme à travers les âges, traverser le temps. Oui, j'aurais voulu traverser le temps.

5

La nuit qui suit, nous campons. Nous ne savons pas très bien faire, ni elle ni moi, malgré mon passé de scoute laïque. On repère un pré qui n'a l'air ni cultivé ni utilisé pour du pâturage, près de la rivière dont nous avons suivi le cours. On déplie la tente, on la monte tant bien que mal, plutôt mal d'ailleurs, mais elle tient debout. Elle cherche partout une grosse pierre qui servirait de maillet pour enfoncer les sardines bien profond dans la terre meuble. Elle trouve et frappe de toutes ses forces, avec ses petits bras. On ne peut pas dire que ce soit un succès, on fait comme si, on rit. Puis on déplie les matelas gonflables, et on souffle dedans, chacune dans le sien. Ça prend un temps fou. On souffle, on souffle. Je peine plus vite qu'elle, à cause de mon état. Nos visages deviennent rouge brique. On inspire régulièrement un peu d'air frais, en pinçant la valve pour que l'air déjà envoyé dans le matelas ne ressorte pas, on reprend avec courage, la tête qui tourne, un goût de caoutchouc dans la bouche. Enfin, ça y est ! Un matelas chacune, l'assurance de bien dormir, sans trop se gêner si l'une ou l'autre gigote dans la nuit. Du camping de luxe, c'est sûr. On a même emporté un drap-housse, des oreillers. Oui, vraiment, nous sommes extrêmement bien organisées, c'est plaisant. On dispose un matelas dans la tente, elle résiste, elle tient debout. Victoire ! Puis on met le deuxième, enfin, on essaie, mais là, catastrophe. On ne peut pas. Il n'y a pas la place de mettre les deux matelas côte à côte. On a beau tirer, pousser, tenter de les comprimer, de changer de sens, rien n'y fait. C'est l'un ou l'autre, mais pas les deux. Tant pis, je dis, épuisée par cette journée, tu n'auras qu'à dormir dans la tente, je dormirai dehors, à la belle étoile. Après tout, j'ai été scoute. Et les moustiques, elle demande. Oh, c'est pas trois insectes qui vont m'impressionner. Bon, et les sangliers, imagine, il y a des sangliers. Ou une vache, c'est vrai, quoi, il y a toujours une vache. Je soupire. Ils auront plus peur de moi que moi d'eux ! Et la lumière du jour, tu vas être réveillée par la lumière du jour. Oui, c'est vrai, mais c'est la vie d'aventurière. De toute façon, en ce moment, je suis réveillée aux aurores, avec les nausées. On n'a rien à manger, elle dit, on pourrait au moins aller au restaurant, pour ne pas passer la soirée à se morfondre dans ce pré avec trois rondelles de saucisson et des pêches trop mûres, notre unique festin. J'approuve.

Nous remontons dans la voiture, il fait beau, le ciel est encore haut et bleu, c'est une de ces soirées d'été qui semblent infinies, qui laissent présager des jours et des jours paresseux à venir. C'est difficile de penser que nous rentrons à Paris demain. C'est difficile de penser que nous nous arrêterons chez mes grands-parents que je n'ai pas vus depuis des années, puis que nous ferons la route jusqu'à Paris, où il faudra défaire les valises, faire tourner des lessives, étendre le linge, reprendre le cours banal de la vie normale. Tout ça, dès demain soir, à la même heure. Mais pour le moment, il fait bon, l'air est doux, nous roulons en suivant la rivière, quelques hirondelles nous accompagnent. On a laissé le campement en espérant le retrouver et que personne n'aura la sombre idée de le saccager, de nous voler notre tente. Au premier village, on s'arrête pour dîner, elle annonce. Mais au premier village, il n'y a rien. Pas un boui-boui, pas un café PMU où commander une bière, un truc pour casser la croûte. Rien de rien. On continue, allez, elle lance, faussement gaie. Elle m'énerve. Toute cette histoire va se terminer le cul dans l'herbe piquante près de notre tente, à mâchonner de vieilles chips mollassonnes, ça me déprime d'avance, je fais la gueule. Le village d'après, rien. Entre les deux, heureusement, la rivière que je contemple en ronchonnant, mes pieds sur le tableau de bord, la main sur mon ventre rebondi. Le village d'encore après, rien. C'est toujours la même chose, on va directement vers l'église, en présumant que si bar ou restaurant il y a, ce sera à côté, puis on cherche l'école et la mairie, pour les mêmes raisons. Mais il n'y a que des boulangeries fermées et des boutiques de pompes funèbres. Je commence à avoir sérieusement faim, et à trouver tout ça sérieusement pénible. Allez, elle m'encourage, on ne se laisse pas abattre, je suis sûre que le prochain, ce sera le bon. Et le prochain, c'est le bon, oui. Grandes guirlandes de petits fanions pour nous accueillir dès l'entrée du village, qui est en fête et ça se voit, ça s'entend même, musique dans les rues, et puis non pas un mais deux cafés ouverts, des chaises en terrasse, des gens sur les chaises, une espèce de bal musette qui semble se préparer. Oui, un vrai village comme on en rêvait. Ah, tu vois, elle exulte, qu'est-ce que je t'avais dit. Ouais enfin on vient de faire quasi quarante bornes, je réponds en serrant les dents, un peu pour la mauvaise foi, un peu pour la faire rire. On peut même choisir notre café, si c'est pas un village de luxe, elle reprend, comme si elle n'avait pas entendu. Je choisis celui avec écrit « sirops artisanaux » sur une ardoise, ça m'inspire confiance. On s'assoit en terrasse. C'est pas la folle ambiance, entre nous. On ne parle pas, ni elle ni moi. Elle joue avec la fourchette posée devant elle. Je réfléchis à la grotte, à ce que penseraient de nous les hommes préhistoriques d'il y a vingt-quatre mille ans, s'ils nous voyaient là, attablées, attendant d'être servies. Eux, pour se nourrir, ils agissaient. Ils devaient organiser des stratégies, piéger l'animal, s'y mettre à plusieurs, tuer, puis dépecer, ramasser du bois pour faire un feu, pour cuire ensuite la viande. Ce genre de choses, des actions nettes, précises. Mais c'était avant aujourd'hui, tout ça. Le présent rend paresseux. Aujourd'hui rend mou. Le monde est devenu indolent. Voilà ce à quoi je pense.

Elle commande du poisson au lait de coco. Quelle idée, dans un bled pareil, au fin fond de la France, si loin des mers. Je fronce le nez et commande avec fierté, lorsque vient mon tour, une pièce de viande rouge, je me sens proche de mes sœurs préhistoriques, de celle dont j'ai vu l'empreinte de la main, tout à l'heure, dans la grotte, là-bas, sous terre. On commande aussi à boire, juste pour elle évidemment, du vin, rouge comme ma viande, pour rendre le moment plus festif, faire semblant que ce n'est pas la fin des vacances, qu'on ne va pas camper comme des incapables à quarante kilomètres de là. On commence à peine à se détendre lorsqu'elle prend un air exalté, se lève d'un bond, et marche droit vers une femme qui sort du café en tenant la main d'un petit gosse. Mais c'est pas possible, elle gazouille, qu'est-ce que tu fais là ?

Elle s'appelle Anna-Gwendoline, faut le faire quand même, elles se sont perdues de vue il y a plus de dix ans, elles essaient de résumer les grandes lignes de leurs vies depuis même si c'est compliqué, le petit gosse tire sur la main de sa mère et moi je fais semblant de m'intéresser mais je fais toujours la gueule. Elle habite en Bretagne et elle est de passage dans la région, en vacances avec sa famille. Et toi, qu'est-ce que tu fais là? Oh bah moi, elle répond, tu vois, on s'apprêtait à camper, enfin on va camper quand même, mais figure-toi qu'on est des bras cassés, on n'a pas pris la bonne taille de tente, hinhin. Hinhin, je ponctue aussi, rire jaune, bien entendu, mais histoire de dire. Ah oui, lâche Anna-Gwendoline, j'imagine que vous avez pris, et là elle me regarde dans les yeux pour la première fois, une tente de deux pour deux et que votre matelas ne rentre pas. C'est ça? On opine, penaudes. Classique, elle assène. Classique, classique, je t'en foutrais du classique. Ouais, c'est tout à fait ça, répond ma compagne, et dis donc, t'as dû sacrément barouder pour connaître ce genre de trucs, elle ajoute, pour faire la conversation, alors que moi, j'aurais plutôt envie qu'on déguerpisse, drapées dans notre honte, et plus vite que ça. Le petit gosse va me sauver de cet échange infernal, il tire la main de sa mère avec de plus en plus d'insistance. Oh tu sais, Fred adore le camping, alors bon... mais attends, j'y pense, du coup on a une tente trois places dans la voiture, c'est ça qu'il vous faut! On ne s'en sert pas, nous, on dort en dur, ça vous intéresse? On se retrouve demain matin au même endroit, vous nous la rendrez, et on pourrait même prendre un petit déj' ensemble, ça serait sympa!

Le lendemain matin, je suis d'excellente humeur. Certes, il avait fallu se taper les quarante bornes du retour, par la route pas du tout éclairée qui longe la rivière, elle bien trop ivre car nous avions fêté cette histoire de tente inopinée en commandant deux fois plus de vin que nécessaire. Certes, il avait fallu retrouver ce foutu pré où nous avions installé notre campement, puis monter la tente d'Anna-Gwendoline dans le faisceau des phares de la voiture, notre seule source de lumière, même pas une lampe-torche, des bras cassés, ah ça, oui. Certes, les phares de la voiture allumés au milieu d'un pré sombre, ça avait fait venir tous les insectes de la création. Certes, monter une tente, à moitié ivre pour l'une, piquée de partout par des moustiques bienheureux pour l'autre, ça avait été une petite épreuve pour notre couple. Mais nous avions réussi, la tente avait tenu le choc, Anna-Gwendoline avait raison et les deux matelas y entraient aisément. Elle avait vaporisé trop de produit anti-moustiques et j'avais bien cru que j'allais la tuer mais bon an mal an, comme on dit, nous nous étions allongées et assoupies puis carrément endormies dans la nuit vraiment noire, sous des étoiles vraiment belles.

C'est très joyeux, de se réveiller au milieu d'un pré. La perspective de faire à nouveau quarante kilomètres le long de la même rivière ne l'effraie pas, elle dit que de toute façon, c'est la route pour aller chez mes grands-parents, je la trouve de bien bonne composition. Nous nous jetons de toutes nos forces sur les matelas gonflables dont on a décapuchonné les valves, pour faire sortir l'air plus vite. Mais autant ça prend un temps fou à gonfler, ces choses-là, autant c'est plus qu'extrêmement long à dégonfler. On s'assoit dessus, on les plie, on les déplie, on les replie, on leur tape dans le dos. On les allonge à nouveau sur le sol, on s'allonge sur eux, on attend, on entend bien un petit souffle d'air qui expire quand on bouge nos corps, pffffffffiou, tout petit. Je suis sûre qu'on n'a pas la bonne technique, elle soupire, allongée à moitié nue, à cause de la chaleur, sur son matelas bouée, je vais chercher dans

Google pour voir, je pense qu'il existe des trucs et astuces. Elle sort son téléphone portable, mais il n'y a pas de réseau dans le pré perdu. Une fois les matelas plus ou moins vidés de leur air, on s'attaque à la partie non moins fastidieuse qui consiste à ranger les tentes. Je démonte la nôtre, je dis, tu plies celle d'Anna-Gwendoline. J'arrache avec un plaisir non dissimulé les sardines mal enfoncées dans le sol, je les compte pour qu'il n'en manque aucune, par égard pour les prochains utilisateurs. Je mets ma main à couper que ça ne sera pas nous, je ronchonne, à haute voix. Quoi, t'as dit quoi, elle braille, j'ai pas entendu. Je plie avec difficulté, en suant sang et eau, la toile de la tente, enlève les arceaux de la terre, les joins aux sardines, parviens à tout faire entrer, par quel miracle, je ne sais pas, dans le minuscule sac en tissu fourni avec. J'ai fini, je la mets dans le coffre, je lui crie, et toi, ça va, t'en es où ? Elle ne me répond pas. Je contourne la voiture, garée au milieu du pré, toutes portières ouvertes, ainsi que le coffre, on dirait un gros insecte noir et rutilant prêt à décoller. De l'autre côté de la voiture, je la vois prise dans une étrange chorégraphie, on la dirait elle aussi prête à décoller, ou bien on dirait un parapentiste qui vient d'atterrir. Elle transpire à grosses gouttes, écarlate, et tient dans ses bras, dont l'envergure ne suffit pas à contraindre l'objet, ce qui ne ressemble plus tout à fait à une tente. Le corps arqué vers l'arrière, le menton maintenant vaguement un bout du machin, elle roule de gros yeux en me hurlant de venir l'aider, plutôt que de rester plantée là. On a mis une heure, je pense, à replier la tente d'Anna-Gwendoline. Une tente « deux secondes », pourtant, comme il était indiqué sur le tissu protecteur. C'est vrai que dans la nuit, criblées de piqûres d'insectes, nous avions apprécié de faire ce geste absurde qui consiste à lancer en l'air un truc de forme circulaire pour qu'il retombe, d'un coup, au sol, sous la forme d'une tente prête à l'usage. Magique. Nous ignorions que, le lendemain, nous passerions plus d'une heure à la refermer ; que nous devrions aller à l'autre bout du pré pour trouver du réseau et taper dans Google « replier tente deux secondes » ; que nous regarderions, coulantes de sueur, la vidéo explicative d'un type à la voix débile avant d'essayer d'imiter ses gestes. Toute magie se paie, j'ai pensé, mais j'étais déjà au courant.

Alors, ça a été, nous a lancé d'une voix claire Anna-Gwendoline, depuis la table où elle et sa famille petit-déjeunaient gaiement, vous avez pu dormir toutes les deux ensemble ? Super, c'était absolument super, aucun problème, merci beaucoup, elle a répondu. Quelle hypocrite. On a rendu la tente. Fred, le mec d'Anna-Gwendoline, a froncé les sourcils en voyant que la housse, censée épouser la forme de la tente pliée, faisait des bosses et des creux, mais il s'est tu et, après les banalités d'usage, nous nous sommes dit au revoir. Nous sommes remontées dans la voiture. J'allais retrouver mes grands-parents et je ne faisais pas la maligne. Elle non plus, je crois, mais, pour une fois, elle se contentait de conduire sans livrer ses états d'âme et ça m'allait très bien. Plus le village se rapprochait sur le GPS, plus j'étais angoissée, plus je ne disais rien. Elle essayait de faire la conversation, mais tout tombait à plat. Que dois-je faire pour te dérider, elle a demandé. J'ai retrouvé l'envie de bavarder en entendant cette formule. D'un coup, j'ai voulu lui parler du seul enseignement que j'ai gardé de mes années à étudier la philosophie. Je me suis mise à évoquer Kant. Je n'osais pas tourner la tête vers elle, de peur de voir se dessiner sur ses lèvres un sourire moqueur. J'avais à peu près tout oublié de mes lectures kantiennes, sauf les trois questions fondamentales de sa pensée. Que puis-je savoir ? Que dois-je faire ? Que m'est-il permis d'espérer ?

6

Le village n'avait pas changé. Dans une émotion inqualifiable, le temps de longer la seule rue commerçante, j'ai reconnu la boucherie où j'allais avec ma grand-mère, et où le boucher nous donnait systématiquement des déchets de viande pour les chats, le PMU où elle jouait au loto, et où elle me demandait des numéros parce qu'elle pensait que je lui porterais chance, la banque où on retirait de l'argent avant de faire les courses. Plus loin, la bibliothèque municipale, qui a sauvé nombre de mes après-midi d'enfant, et plus loin encore, l'école communale où ma mère aurait été élève, encore des bribes d'informations qu'il avait fallu arracher et dont je n'étais même pas sûre. Au loin, les vignes, les collines et, sur la plus haute, le château. La voiture a tourné dans la rue où j'ai appris à faire de la bicyclette. Je ne sais pas bien ce qu'on fabriquait là, pourquoi je l'emmenais ici.

La maison non plus n'avait pas changé. Le même portail en bois, infranchissable dans toutes nos tentatives de fugues quand nous étions enfants, nous, moi, mon frère, ma sœur. Nous n'avions qu'une idée, nous évader, aller voir au-delà du jardin où nous étions reclus les jours de canicule. Le crépi de la maison, les bacs à fleurs sur la terrasse à l'entrée, les volets sombres, non, rien n'avait changé. Les pneus de la voiture ont crissé sur le gravier de l'allée. On ne pouvait plus faire marche arrière. J'espérais que ça allait bien se passer, je lui ai promis qu'on ne restait que le temps du déjeuner. Elle a répondu oui, oui, ne t'inquiète pas pour moi, avec un sourire tendre. La porte s'est ouverte et ma grand-mère est apparue, suivie de la haute silhouette de mon grand-père.

La table était déjà mise, dans le salon-salle à manger que je connaissais bien. La télévision était silencieuse, ça m'a surprise, moi qui avais le souvenir qu'elle était souvent allumée, toujours, même. La grosse chienne, celle dont je craignais autrefois les assauts, est morte, nous a annoncé ma grand-mère d'entrée de jeu, et je ne sais pas si j'ai ressenti de la tristesse ou du soulagement. Bon, alors, vous voyez, c'est très modeste, il fait si chaud, et nous sommes si vieux, j'ai quand même des petites choses en réserve, si vous avez encore faim. Nous nous asseyons, mon grand-père sert du vin, je décline et j'en profite pour leur annoncer pour le bébé, je leur montre mon ventre, ils sourient, ils ont l'air dépassés par les événements, il faut dire, ça fait si longtemps, et puis ça n'est quand même pas habituel, ça, un bébé dans ces circonstances, ils trinquent à trois sans moi. La maison est affreusement silencieuse. Les volets sont tirés, à cause de la chaleur, et nous mangeons presque dans le noir. Je fixe la tapisserie que j'ai tant examinée lorsque j'étais enfant, assise à cette même place autour de la même table. Les grosses fleurs bleues et rouges sur fond beige, du sol au plafond, un plafond qui me semblait si haut, s'élèvent toujours à des mètres au-dessus de moi.

Elle leur pose des questions. Elle est attentive, elle rebondit quand il le faut, soutient la conversation. Je suis touchée qu'elle s'intéresse à ma famille. Ma grand-mère répond de bonne grâce, mon grand-père fait des plaisanteries et des jeux de mots, comme je l'ai toujours entendu faire. Il raconte comment il a parcouru la France à bicyclette, lorsqu'il était jeune. Ma grand-mère explique comment elle est devenue dactylo. Et soudain, c'est comme si on avait ouvert les vannes, on ne l'arrête plus. Elle nous raconte la guerre, l'Occupation allemande. Elle nous parle de son père, qui était gendarme. Et ta mère, je demande. Ma mère? Oh, tu sais, je l'ai très peu connue. Je l'ai perdue quand j'avais cinq ans, elle s'appelait Jeanne. Jeanne. J'ai demandé d'une voix blanche elle est morte de quoi. Elle ne savait pas, elle ne savait plus. J'ai demandé où elle habitait, elle, lorsque sa mère est morte. Elle se souvient qu'elles n'habitaient pas ensemble. Elle habitait, depuis quelque temps déjà, uniquement avec son père. Jeanne était partie, elle avait abandonné le navire, laissé les enfants. J'ai demandé pourquoi Jeanne était partie. Elle a répondu qu'elle ne savait pas trop. Elle a marqué une pause. Puis elle a ajouté elle était un peu folle, je crois.

Avant de repartir, j'ai voulu savoir si elle avait une photo de sa mère. Elle s'est levée de table, est allée chercher, sur un secrétaire, un cadre orné et doré. Elle me l'a tendu. En me penchant sur la photographie, j'ai eu l'impression de me pencher vers un miroir. Sur le cliché, en noir et blanc, on voit une femme au regard décidé derrière une paire de lunettes rondes. La bouche est discrètement peinte. Une légère fossette se dessine sur son menton. Elle a relevé ses cheveux en chignon. Elle porte des boucles d'oreilles et un collier très fin. Sa peau a l'air terriblement pâle. Ses épaules sont nues, et la photographie devient floue, ensuite, au niveau de son buste, comme si elle sortait d'un nuage. Jeanne.

J'ai conduit d'une traite jusqu'à Paris, les mains crispées sur le volant, plus de six heures de route sans m'arrêter, ou peut-être juste pour boire un café, et encore, je n'en suis pas sûre. J'ai refusé qu'elle prenne le volant. J'avais besoin de me concentrer sur des choses bien concrètes, doubler ce poids lourd, accélérer, décélérer, mettre mes phares à la tombée de la nuit, ne pas rester comme une vache sur la file de droite, aller plus vite, toujours plus vite, éviter de penser à mes grands-parents, à leur vieillesse, à cette transmission qui ne se fera pas, à ce que ça m'avait fait de retourner dans cette maison, à la surprise que j'avais reçue en plein cœur en découvrant le visage de Jeanne. Des années, maintenant, que je me persuadais que cette histoire de prénoms, c'était rien du tout, une tocade de ma part, un jeu avec moi-même. Et puis voilà, j'ai croisé le regard de Jeanne. Son regard si perçant, dans ce cadre doré, que j'ai eu envie de la connaître. Et tant pis si mes parents ne m'ont pas donné ce prénom à cause d'elle. Et tant pis si je me raconte des histoires de fantômes bienveillants alors que rien de tout ça n'existe vraiment.

Comment faire quand on n'a pas appris à poser des questions ? Ou quand, justement, on a appris à ne surtout pas en poser ? Comment faire pour poursuivre des pistes, glaner des indices ? Je n'avais pas parlé à ma grand-mère depuis des années. Je ne sais pas si le déjeuner de la fin des vacances va constituer le point de départ d'un nouveau lien. J'en doute. Je me connais. Je l'ai quittée en lui promettant de lui téléphoner, de lui écrire, de la tenir au courant de mon ventre qui grossit. Je ne vais pas le faire. C'est comme ça. Les jours passent. Une semaine puis une autre. Jeanne ne quitte pas mon esprit. Je regarde souvent, dans mon téléphone portable, le cliché du cliché que j'ai fait, juste avant de partir. J'ai envie de la sortir de ce cadre doré, de ce noir et blanc, de ce flou qui atteint son buste, de ce nuage qui semble l'envelopper. J'ai envie de téléphoner à ma grand-mère pour qu'elle me parle encore de sa mère morte il y a soixante-dix ans, sa mère qu'elle n'a connue que cinq ans, sa mère dont je porte le prénom. Mais je n'y arrive pas. Je ne trouve pas ce courage. Je ne l'appelle pas. Les mois passent, je m'arrondis, Jeanne ne quitte pas mon esprit, mais je ne vais pas vers elle.

7

Tais-toi, Paris. Ferme ta gueule, pour voir un peu, juste un petit moment, pour voir ce que ça fait. Allez. Mais ferme-la, bon sang. C'est le ciel qui demande ça, qui exige ça, ce jour-là de cet hiver-là, c'est la neige qui s'est abattue sur la ville pour la faire taire en ce jour d'avant le nouveau monde. Mon nouveau monde. Recouverts, les trottoirs, recouvertes, les autos qui roulent au ralenti en laissant sur les routes des traces sombres et parallèles, recouvertes, les décorations de Noël, toutes plus brillantes et clignotantes les unes que les autres ; et voilà, plus rien, plus rien du tout, plus de brillance et plus de clignotis, mais du blanc, du blanc, du blanc partout. Et un silence indescriptible. C'est Noël, c'est juste après Noël. Les gens sont partis, ils ont quitté Paris, ils sont allés passer les fêtes ailleurs, dans leur famille. Ou bien ils sont là, calfeutrés dans leur appartement, repus, malades, épuisés d'être les uns avec les autres, les uns contre les autres. Paris a fermé sa gueule, un peu, pour voir, elle a obéi au ciel, elle a été prise dans la neige. Entièrement blanche. Il n'y a pas un chat dans les rues, pas un bruit. Tout est suspendu. On attend. Je jette un coup d'œil à l'horloge fixée là, dans le bloc opératoire silencieux. Il est minuit, minuit pile lorsque l'enfant naît. Mon bébé. Mon enfant sorti de moi. Mon enfant sorti de moi, rouge presque bleu, mécontent ; fâché, peut-être. Mon enfant naît un jour où Paris s'est tue. Un jour où la neige a tout recouvert. Un jour blanc, entièrement blanc.

Un type balaie autour de moi qui suis assise dans un fauteuil en faux cuir, il a les yeux rieurs, il promène son regard sur le hall d'entrée de la maternité. Le bureau de la secrétaire croule sous les fleurs qui sont interdites dans les chambres, on entend le téléphone sonner à intervalles irréguliers et elle prononce toujours les mêmes phrases, de sa voix de secrétaire. La porte tambour s'ouvre parfois, laisse entrer des gens aux bras chargés de fleurs qu'ils se font confisquer aussitôt et qui appuient sur le bouton de l'ascenseur avec, sur le visage, tous, le même air contrit. Le balayeur porte des surchaussures en plastique turquoise. Dès que quelqu'un entre, il passe le balai, enlève aussitôt les traces noirâtres que laisse la neige sur le carrelage blanc. Il fait chaud, c'est fou ce qu'il fait chaud. Une chaleur moite et tropicale, en plein hiver. Je suis hébétée. Je ne sais pas où est le bébé. Il devrait dormir dans mes bras, je devrais être en train de caresser son crâne duveteux, de faire des sourires béats en contemplant le rebondi parfait de ses joues toutes neuves. J'attends la voiture qui nous ramènera chez nous. Je suffoque, j'étouffe. Je ne l'ai pas entendu s'approcher. C'est le balayeur. Il pose ses yeux sur moi, sourit comme pour lui-même, ne me demande rien. La veille, le médecin avait demandé, lui, avec une voix d'une infinie délicatesse, si je voulais savoir si c'était un garçon ou une fille qui venait de sortir de mon ventre. J'avais hoché la tête. Il avait dit c'est une fille, il avait ajouté elle est très jolie. Je m'étais tue. Déjà je savais, déjà je ne parlais plus, je ne pouvais plus parler. Il avait demandé, très doucement, comment elle s'appelle, cette petite fille.

Silence. Il avait posé la question à nouveau, un peu plus fort, comme si je n'avais pas entendu. Il avait demandé comment elle s'appelle, cette petite fille. Silence. Je n'avais rien dit. Elle non plus, à mes côtés, elle n'avait pas répondu. Dans ma tête aussi, c'était tout blanc. Entièrement blanc. Je ne disais rien. Silence, silence, silence. Il avait jeté un œil vers la porte du bloc opératoire, sa voix tremblait lorsqu'il m'avait demandé pour la troisième fois, entre ses dents, comment elle s'appelle, cette petite fille, d'un ton presque suppliant, il avait baissé son masque chirurgical, il semblait décidé à faire quelque chose, bondir sur le téléphone, prévenir quelqu'un, hurler quelque chose, son corps était tendu, son visage effaré, il m'avait regardée avec des yeux fiévreux, encore implorant, déjà affligé, il avait répété comme une prière elle est jolie cette petite fille, elle s'appelle comment, elle est jolie cette petite fille, elle s'appelle comment.

Je ne peux pas répondre. Je ne sais pas. Je ne sais plus. J'ai oublié. J'ai oublié le prénom que j'ai donné à mon enfant. Mon enfant sortie inerte de moi, mon enfant née dans la neige qui a recouvert Paris. Je ne sais plus prononcer son nom. Je l'ai oublié. Dans mon esprit, tout est blanc. C'est un monde, un nouveau monde. Entièrement blanc.

8

Je regarde son regard. Voilà Jeanne. Jeanne qui a accouché, un jour, de ma grand-mère, qui a prénommé ma grand-mère, cet enfant fille qui sortait d'elle. Ma grand-mère, qui a accouché, un jour, de ma mère, qui a prénommé ma mère, cet enfant fille qui sortait d'elle. Ma mère, qui a accouché, un jour, de moi, qui m'a prénommée, moi, cet enfant fille qui sortait d'elle. Moi, qui ai accouché, un jour, d'une fille dont je ne parviens plus à dire le prénom. Je compte, dans ma tête, toutes ces femmes qui vont jusqu'à ma fille, une, deux, trois, quatre, et elle, la cinquième, ma petite fille, ma toute petite fille qui n'a pas pleuré, toutes ces femmes qui ont vécu la même chose que moi avant moi, presque la même chose, mettre au monde un enfant, un enfant de sexe féminin, lui donner un prénom et, en la nommant, la faire advenir au monde, la faire exister. Je suis prise de vertiges. Une lignée de cinq femmes. Cinq comme les doigts de la main. Et tout en haut de cette lignée, Jeanne. Qui c'est, Jeanne ?

Appeler ma grand-mère, je pourrais le faire. Mais des mois entiers se sont écoulés depuis l'été, le camping et la grotte, et je ne me suis jamais résolue à l'interroger. Un matin, quelques semaines après le jour blanc, je me décide à poser la question à ma tante, la sœur de ma mère. Je lui écris un message pour lui demander si elle sait quelque chose sur Jeanne, la mère de sa mère, autant dire sa grand-mère. Mon téléphone sonne presque tout de suite. Je décroche. Elle me lance mais enfin, Jeanne, c'était la belle-mère, pas la mère. Elle enchaîne, sans que j'aie le temps de bégayer le moindre mot. C'était la deuxième femme de Roger, ce gros connard, cette pourriture vivante. Comment, je dis. Je ne comprends rien, mais ça, je ne le dis pas. Je suspends mon souffle. Je suis dans un café, je sors de mon sac une feuille et un crayon, de quoi tout noter, vite, j'écris gros connard, pourriture vivante, je répète comment, hein, quoi, la belle-mère. Oui, poursuit ma tante, Jeanne, c'est le prénom de la belle-mère. Mais comment s'appelait sa mère, alors ? Impossible de me souvenir, elle répond, tu sais, je ne l'ai jamais rencontrée. Elle marque une pause, elle semble réfléchir. J'en profite pour prendre la parole. Je me souviens qu'elle m'a dit Jeanne, je proteste. Elle m'a dit Jeanne en me montrant une photo. Je décris la photo. Je ne précise pas qu'elle a accompagné ma grossesse, que ça fait plusieurs mois que je la contemple, que je me plonge tous les jours dans le regard de cette femme. Je dis que ma grand-mère m'a montré cette photo en affirmant que c'était Jeanne, sa mère. Une photo en noir et blanc, dans un cadre doré, qu'elle a prise sur un secrétaire. C'était sa belle-mère, alors, je balbutie, déçue. Non, répond ma tante, non, sur la photo, c'est sa mère, ça c'est sûr. Mais Jeanne, c'était sa belle-mère, tu as confondu. Je vois très bien la photo dont tu me parles, elle reprend, et ça, oui, je sais que c'est une photo de sa mère.

Il s'est passé quoi, avec sa mère, je demande. Mais l'histoire, déjà, m'intéresse moins. L'histoire ne va pas me parler de celle dont je porte le prénom. Si la femme qui semble sortir d'un nuage, sur la photo, ne se prénomme pas Jeanne, alors l'histoire ne m'évoque plus grand-chose. L'histoire ne va pas me raconter pourquoi je m'appelle comme elle, pourquoi c'est mon double, une image carbone de moi-même, un fantôme d'apé, mais alors vraiment apé, avant le présent, avant même le passé. Sa mère est morte très jeune, dit la voix de ma tante dans le téléphone. Je regarde la pluie qui se met à tomber en rafales, derrière la vitre du café où je suis assise. Je regarde mon voisin de table, un homme très beau, qui a une trousse de crayons de couleur devant lui et les yeux dans le vague, comme un écolier. Je regarde le café qui refroidit dans ma tasse. Je me demande ce que je suis en train de faire, ce que ça changerait au monde, d'en apprendre plus sur ces personnes dont je n'ai jamais rien su et qui constituent ma famille, cette chaîne dont je suis un chaînon, cette chaîne qui m'enserre, qui me ligote, et qui s'est brisée.

Très jeune, je répète. Oui, elle est morte très jeune. La femme sur la photo, elle est morte quand elle avait trente-deux ans. Ta grand-mère avait cinq ans, peut-être six, son frère avait dix ans. J'écoute d'une oreille et mon cerveau travaille en même temps. Trente-deux ans. C'est comme si moi, je mourais dans les mois qui viennent. Voilà. Comme si c'était fini, pour moi. Je croise le regard de mon voisin, je replonge les yeux vers ma feuille. Je baisse la voix, elle est enterrée où, tu sais? Je ne sais pas exactement, répond ma tante, ta grand-mère l'a à peine connue, elle avait cinq ans quand sa mère est morte, et en plus, elles ne vivaient pas ensemble. Ah oui, je sursaute, ça, elle me l'a dit. Mais oui, reprend ma tante, sa mère était partie. Je soupire. Je ne comprends rien à cette histoire. Et de toute façon, on ne parle même pas de Jeanne. Que suis-je donc en train de faire, en train de chercher?

Jeanne, c'est la belle-mère, continue la voix de ma tante. Elle avait déjà une fille, Thérèse, qui avait presque le même âge que ta grand-mère. Ils ont vite fait ménage tous ensemble. Le gros connard épouvantable, ses deux gosses à lui, Jeanne et sa gosse à elle. Mais le problème, c'est que ça a été comme dans *Cendrillon*. Ils ont préféré la gosse de Jeanne. On lui passait tout, à Thérèse. Et rien à ta grand-mère, évidemment. Thérèse a eu le droit de faire les études qu'elle voulait. Ta grand-mère, non. Je sais qu'avec son frère, ils ont voulu s'enfuir plus d'une fois. Ils ont essayé de faire des fugues, mais ça ne fonctionnait jamais. Elle me parle de tout ça, de cet arrière-grand-père gendarme d'une misogynie finie, des injustices qui forment les fratries, des déséquilibres qui alimentent les rancœurs. Elle ajoute, maintenant que tu le dis, c'est vrai que je ne sais pas comment s'appelait sa mère, sa vraie mère. Celle qui l'avait aimée. Pas comme Jeanne. Elle réfléchit à voix haute. Jeanne, c'était la belle-mère des contes, la marâtre, la mauvaise, la méchante. Comment elle s'appelait, sa mère, celle qui l'a mise au monde? Impossible de me souvenir, elle dit. Elle est morte toute seule, je demande. Alors là, répond ma tante. Alors là, j'en sais rien. Oui, je pense que oui, elle avait été éloignée de ses enfants, ou elle s'en était éloignée, et pour moi, elle n'avait pas de famille.

Mais tu sais c'était en 1938, tout ça. Avant la guerre. Agé, je murmure, pour moi-même. On ne saura jamais.

Je raccroche. J'observe mon voisin de table. Il a pris ses crayons de couleur et dessine dans un carnet. La pluie tombe toujours, dehors, une pluie gelée et dure du mois de janvier. Mon café est froid. Je ne sais pas quoi faire de tout ça, je suis partie en quête de quelque chose qui n'existe pas. Jeanne, c'était le prénom de la belle-mère odieuse de ma grand-mère à qui je ne parle pas. Bon. Jeanne, ce n'était pas la femme sur la photo, la femme qui semble sortir d'un nuage, la femme qui, je trouve, me ressemble certains jours. J'avais imaginé beaucoup de choses. J'avais imaginé trouver son nom de famille, et, grâce à son nom de famille, trouver sa tombe. J'avais imaginé un road-trip avec un garçon, pour aller sur la tombe de Jeanne. Oui, un garçon. J'avais choisi ce garçon, je l'avais même prévenu que j'aurais besoin de lui, un jour, pour m'accompagner dans une aventure, pour me donner un but et oublier le jour blanc. Il avait dit oui. J'avais imaginé les bistrots en chemin, sur les départementales. J'avais imaginé, aussi, écrire sur cette aventure avec le garçon, raconter les nappes en coton grossier avec des carreaux rouges et blancs, écrire sur les silences qu'il y aurait eu entre lui et moi, parce qu'on ne se connaît pas très bien, parce que pour le moment, je ne peux plus vraiment parler, j'avais imaginé décrire le bruit de la voiture qui cahote sur les voies mal entretenues, l'automne qui fait rougir la campagne. J'avais imaginé écrire sur l'émotion de ce moment quand, dans le village, j'aurais trouvé le cimetière, sur notre jeu de cache-cache, au garçon et moi, entre les tombes, pour trouver la bonne, celle de Jeanne. J'avais pensé que j'écrirais sur la texture de la pierre mangée par la végétation, sur mes doigts parcourant les lettres gravées qui composent le prénom que je porte aussi, sur le sentiment de la boucle bouclée, de l'accomplissement, du soulagement d'avoir mis en place les pièces du puzzle que forme cette question du qui suis-je. Je m'étais imaginé que faire tout ça me guérirait, que je retrouverais la parole, que j'oublierais l'horloge du bloc opératoire. Mais rien de tout ça n'arrivera. Je me lève, je paie mon café, je sors sous la pluie.

9

Dans mon ordinateur, la photographie s'appelle « capture d'écran », c'est ça qui est écrit, sous l'icône sur laquelle je clique chaque jour, machinalement. J'ouvre le document une fois, deux fois, cinq fois. Chaque fois, c'est le visage de mon arrière-grand-mère qui me saute au visage, qui s'ouvre en grand sur l'écran sur lequel j'essaie de travailler. Chaque fois, surtout, c'est mon portrait qui me saute aux yeux. Plus le temps passe, plus elle me ressemble. Capture d'écran. Capture de celle qui est capturée. Celle qui est morte à l'âge que j'ai aujourd'hui, il y a plus de quatre-vingts ans. Celle qui est morte en ayant laissé ses enfants, à cause d'un mari certainement violent. Elle, captive, mauvaise mère malgré elle. Elle qui est morte seule et dont plus personne ne se souvient. Elle dont on ne connaît même plus le prénom véritable, deux générations après.

Je suis fascinée par la blancheur de sa peau, par ses lèvres semblables aux miennes, par ses lunettes rondes, si modernes, par les pendants qu'on devine à ses oreilles. Par le collier autour de son cou. Par l'idée qu'elle est nue, ensuite, qu'elle a posé torse nu avec ses lunettes et ses bijoux. Elle a les épaules de profil mais le visage bien en face, elle fixe l'objectif. Le photographe a laissé ses épaules nettes, mais il a flouté ses seins. Le fond est noir, elle semble sortir du cadre tant elle est blanche, s'avancer dans la lumière. Je la vois et je lui parle à haute voix, je lui intime dis-moi qui tu es, en prenant un ton solennel, comme dans les contes. Comme si ses lèvres immobiles allaient s'entrouvrir pour me répondre. Je prends une grosse voix. Dis-moi qui tu es, toi qui sors des ténèbres. J'attends. Elle est capturée dans mon ordinateur, et depuis les années trente, elle n'a pas bougé de son nuage. Elle a dû passer des années sur le secrétaire de la maison de ma grand-mère, sans que personne s'intéresse à elle. Dis-moi, allez, dis-moi qui tu es. C'est un duel. On se regarde, elle me regarde, je la regarde. Fixement, droit dans les yeux. Elle est brune. Elle est enfermée dans ce cadre. Elle est enfermée dans mon téléphone, dans mon ordinateur. Doublement, triplement captive. Et moi, je suis captive de son absence d'identité, de son prénom qui fait défaut.

Jeanne, blanche Jeanne, dans son écrin doré, loin de la grotte, loin de la femme préhistorique et loin, si loin de l'enfant fille sorti de moi. Jeanne, et son prénom d'une syllabe qui roule sous mon crâne, comme le gong d'une percussion orientale, comme un ping-pong incessant, à droite de ma tête, Jeanne, à gauche, Jeanne, et qui m'accompagne comme ça, partout où je vais. Jeanne, Jeanne ! Sur le visage de la photo, je vois passer des tas d'autres visages, toutes les femmes qu'elle aurait pu être. C'est ça, je crois, la raison pour laquelle on donne plusieurs prénoms aux enfants qui viennent au monde, c'est le fantasme diffus d'une vie qui ne serait pas unique, qui ne serait pas singulière, c'est le fantasme cafouilleux de donner plusieurs vies, ou alors une seule mais immortelle, oui, immortelle, d'offrir plusieurs visages, d'ouvrir le champ des possibles à l'infini ou presque. Mon enfant, tu seras qui tu voudras. Jeanne n'était pas Jeanne. Peu m'importe, la femme dans le cadre doré, sur le secrétaire en acajou de ma grand-mère, je décide que c'est Jeanne.

Jeanne, elle vit là, près de moi, elle vivote à mes côtés. Je voudrais que nos mains se rejoignent comme je souhaitais si fort poser ma main sur celle, là-bas, laissée à travers les âges, de la femme préhistorique, au fond de la grotte, dans l'aventure souterraine. Elle est cette femme de ma préhistoire. Jeanne, elle compte, elle m'a offert son prénom, je le porte à jamais, c'est pire cadeau qu'un collier de perles, c'est pire cadeau qu'une bague précieuse que les femmes se transmettent parfois, dans les familles. Un collier, une bague, on peut les abîmer, les perdre, les oublier, on peut s'en défaire. Jeanne, elle vit là, je ne peux pas me défaire d'elle, ni l'abîmer, ni la perdre, ni l'oublier. Elle est la première de cordée, la dernière des ascendants de ma lignée. Avant elle, je ne peux pas remonter dans le temps, je ne sais pas qui était sa mère, je ne peux pas prendre plus de hauteur sur la montagne familiale, je ne peux pas remonter jusqu'aux siècles précédents. Le chemin n'aboutit qu'à elle. Elle est là. Je porte son nom.

Elle s'appelle comment cette petite fille, a demandé le médecin. Je n'ai rien pu dire. Parmi les prénoms que je voulais lui donner, il y avait Jeanne. C'était une évidence, il fallait que je transmette Jeanne, pour continuer la lignée à mon tour. Nous en avions parlé, elle était d'accord. Pas en premier prénom, non, mais en deuxième, pour notre enfant à venir, si c'était une fille, alors d'accord pour Jeanne, elle avait dit. Pour que la paume symbolique de l'ancêtre vienne se poser sur le front de l'enfant sortie de moi. Je voudrais toucher la paume de Jeanne avec ma paume, comme je voulais apposer ma paume sur la paroi de la grotte. Il avait fallu me retenir. Je voulais effleurer la roche, poser fermement ma main dans le contour de celle laissée par la femme millénaire. J'imagine la fraîcheur de la pierre, là, à des mètres sous terre, dans le cœur vibrant et grouillant du monde d'été rendu silencieux. J'imagine un léger effritement au contact de ma peau, un minerai un peu granuleux, que je toucherais du bout des doigts, un minerai un peu granuleux qui me rappellerait le toucher de l'intérieur d'un sexe de femme. La pierre ne serait pas si fraîche, finalement, j'imagine toujours, je n'en sais rien, la pierre serait même plutôt chaude, oui, voilà, plutôt chaude, et quand je pose ma paume sur l'endroit exact de la paume laissée là des milliers d'années avant moi, alors il se produit quelque chose. C'est comme dans un dessin animé, comme dans un livre de science-fiction, quand il s'agit d'ouvrir un coffre-fort magique ou d'accéder à un passage secret, il faut apposer sa main quelque part et ce geste permet l'ouverture, ce geste permet le passage. Souvent, d'ailleurs, faire ce geste permet de voir ce qui ne pouvait être vu. Apposer sa main déclenche quelque chose. Toucher permet qu'il se passe quelque chose, que quelque chose passe, que quelque chose vienne, que quelqu'un arrive. Nos deux paumes réunies ouvrent un passage secret, une partie de la paroi rocheuse se décale et laisse entrevoir un tunnel qui mène à un trésor. La communion de nos mains de femmes génère une force tellurique plus forte que toutes les autres forces, et, là, sous terre, ensemble, nous ouvrons une trouée. La paroi se lézarde, la vie aussi.

Mais si, elle s'appelait Jeanne, annonce la voix de ma tante au téléphone, lorsque je décroche, pas très concentrée car je suis en train de choisir une nouvelle jupe au Monoprix. Quoi, je marmonne. Tu avais raison, elle crie dans mon oreille. Elle s'appelait Jeanne. Qui, je dis, un cintre dans la bouche, le téléphone coincé entre mon épaule et mon oreille, en train de boutonner ma jupe. Jeanne ! C'était son nom ! Ton arrière-grand-mère, la mère de ma mère. J'étais vraiment perplexe après notre conversation, alors j'ai téléphoné à ta grand-mère et je lui ai posé la question. Elle s'appelait Jeanne ! La femme de la photo du secrétaire. Tu avais raison. Je croise mon reflet dans la cabine du Monoprix, mes joues rouges et rondes, ma silhouette bien trop quelconque, toujours arrondie alors que mon ventre est vide désormais. Je soupire. Il y avait deux Jeanne, alors, je dis. Oui, répond ma tante. Sa vraie mère et sa belle-mère. En fait, elles s'appelaient pareil. Elle me donne le nom de jeune fille de Jeanne, la femme de la photographie, la vraie Jeanne, ma Jeanne. Ça s'écrit comment, je demande. Je ne suis pas très sûre, dit ma tante, elle m'épelle un nom de famille qui ne m'évoque rien. Je pense à mes fantasmes de cimetière, à la tombe sur laquelle rencontrer enfin ce fantôme qui me colle. Je décide de prendre la jupe.

10

J'écris pour ne pas faire autre chose. J'écris pour donner une contenance à l'existence. J'écris pour me dire que ça ira. J'écris pour me dire que ce n'est pas si moche. J'écris pour attendre que les jours passent, que la vie passe. J'écris pour occuper mes mains. Mes mains écrivent. Elles ne peuvent pas toucher la main sur la paroi de la grotte. Elles ne peuvent pas caresser le petit crâne duveteux. Elles ne peuvent pas réunir les époques. Elles ne peuvent pas communier avec la femme d'avant, ni avec l'enfant d'après. Alors elles grattent, elles grattent le papier. Elles s'agitent. Au bout de moi, loin de moi. Elles grattent le parchemin de cette identité à moitié effacée pour écrire une autre vie. Elles creusent les idées qu'il y a sous mon crâne, elles les repèrent et puis elles les déterrent. Mes mains creusent comme elles creusent sans fin le sable sur les plages, sans l'idée même d'une fin, dans ce geste répété à l'infini. Plus on creuse et plus le sable glisse au fond du trou, et plus il faut creuser encore, creuser plus loin, c'est comme ça, on ne peut pas faire autrement. Quand on commence à creuser, alors on doit creuser toujours, quand on commence à écrire, alors on doit écrire toujours.

Je voudrais des mains qui savent construire une maison, un abri, depuis les fondations jusqu'au toit, des mains qui bâtissent un pont pour traverser une rivière, des mains qui soulèvent des montagnes. Je voudrais des mains guérisseuses, qui choisissent sans réfléchir les bonnes herbes pour faire des décoctions, des mains de sorcière qui préparent des onguents, des baumes, des potions. Je voudrais des mains qui connaissent les corps, qui puissent sortir un bébé d'un ventre de femme, qui réparent les chairs épuisées, les peaux meurtries. Je voudrais des mains qui s'aventurent à l'intérieur des carcasses, dans les trachées, dans les trous, dans les moindres interstices, qui connaissent tout de ces organes intérieurs que personne n'a jamais vus. Je voudrais des mains solides, franches, des mains qui ne s'en laissent pas conter. Je voudrais des mains qui pétrissent sans y penser, qui assouplissent des pâtes pour les transformer en pain gris, en pain noir, qui mitonnent sans se concentrer des délices pour nourrir les bouches qui les entourent, je voudrais des mains courageuses, qui se remettent cent fois à l'ouvrage, qui raccommodent, qui reprisent, qui bricolent, je voudrais des mains qui remontent le temps, des mains qui allument des feux, de grands feux autour desquels danser, autour desquels écouter des histoires les yeux luisants dans l'obscurité, de grands feux qui durent toute la nuit pour ne mourir qu'au petit jour. Je voudrais des mains qui n'ont pas peur des animaux sauvages, qui attrapent sans peine des poissons vivants, qui donnent la mort à des insectes grouillants, qui tordent le cou des poulets et saisissent les serpents sans sourciller pour les jeter plus loin, je voudrais des mains qui avancent dans la vie, des mains ridées, tachées, abîmées, des mains aux doigts tordus, aux phalanges brunies, aux ongles striés, des mains qui auraient bien des choses à raconter, mais qui ne sont pas bavardes car elles n'ont pas le temps pour ça. Je voudrais des mains qui caressent, qui rassurent les enfants, qui entourent de douceur les vieillards, des mains que la peau des autres ne rebute pas, qui parcourent les plis et les pleins des chairs pour les apaiser, je voudrais des mains ombres chinoises dès que la nuit enveloppe le monde, des mains qui parlent sur les murs, sur les parois, éclairées par ce qui veut bien les éclairer, je voudrais des mains habiles, agiles, des mains dégourdies, des mains futées, des mains malicieuses. Je voudrais des mains qui essuient les larmes, qui essuient les fesses de ceux qui en ont besoin, sans dégoût, des mains qui recueillent le sang qui coule, des mains qui n'ont peur de rien, d'aucune substance, d'aucun liquide, des mains qui prennent tout sans gants, sans pincettes, des mains avides de toujours tout toucher, tout sentir, tout manipuler, tout tripoter, je voudrais des mains qui remuent le ciel pour faire tomber la pluie, je voudrais des mains qui ne reculent devant rien, qui ne détournent jamais les yeux, je voudrais des mains qui travaillent, des mains qui ont un métier, qui engendrent de grandes œuvres, qui présentent de beaux travaux, je voudrais des mains qui façonnent la vie, qui suscitent des émotions, qui éveillent des consciences, je voudrais des mains qui ferment les yeux de ceux qui meurent. J'écris pour fermer les yeux de ceux qui meurent.

Il laisse un message. Je l'écoute. Oui bonjour c'est le monsieur du cimetière, voilà je vous rappelais, j'ai d'abord fait des recherches et je n'ai rien trouvé, j'ai trouvé des personnes du même nom mais ils ne connaissent pas Jeanne et ce n'est pas eux qui fleurissaient, enfin, qui mettaient les fleurs sur la concession de votre arrière-grand-mère, vraiment je n'ai rien pu trouver comme information supplémentaire, voilà, bon si vous avez d'autres infos, envoyez-moi toujours un message et je continuerai à faire les recherches, et si je vois des personnes âgées qui viennent, je me renseignerai aussi auprès d'elles qui, quelquefois, en savent plus que moi, voilà, je vous souhaite une bonne journée et désolé encore, au revoir. C'est le fossoyeur. Le fossoyeur à l'accent du Sud, à la voix qui chante et qui me le rend sympathique alors que je ne l'ai jamais vu. C'est le fossoyeur à qui j'ai déjà parlé, après le coup de fil de ma tante qui m'avait donné le nom de jeune fille de Jeanne, sans trop savoir comment l'orthographier. J'avais appelé le cimetière de la ville où ma tante pensait qu'elle avait été enterrée, le cimetière où ma grand-mère, toujours selon ma tante, s'est rendue pendant des années, une fois par an, pour fleurir la tombe de sa mère, de sa mère qu'elle n'avait connue que cinq ans. Le fossoyeur m'avait dit vous savez, il y a eu un incendie, tous les registres ont brûlé, on n'a plus rien d'avant guerre, je vais quand même me renseigner, ça fait quarante ans que je travaille ici, j'en ai vu passer, des morts, et des vivants aussi. Oui, ah ça, j'en vois passer, des vivants, des gens comme vous.

Il n'aimerait pas savoir que j'écris le fossoyeur. Il aimerait que j'écrive le gardien. Je le pressens. Il préférerait que j'écrive le gardien, le gardien du cimetière, mais je choisis ce mot de fossoyeur. Le fossoyeur, c'est celui qui creuse la fosse. Une fosse, c'est un peu comme une grotte. Jeanne, Jeanne la folle, ma Jeanne, mon fantôme Jeanne, mon double Jeanne, ensevelie dans sa fosse, là-bas, dans cette ville où je ne mettrai jamais les pieds. Je n'irai pas, en automobile, accompagnée d'un compagnon garçon, on ne se taira pas dans l'habitacle où résonneront les bruits des essuie-glaces et des clignotants quand il doublera une autre voiture sur l'autoroute. On ne cherchera pas, impatients, le cimetière, puis sa tombe dans le cimetière. Il ne s'engouffrera pas, pudiquement, dans une contre-allée, quand nous l'aurons enfin trouvée, pour me laisser me pencher seule sur la sépulture. Je n'observerai pas la vieille pierre rongée de lierre avec son nom à demi effacé en songeant que sous mes pieds, dans un gouffre, là, tout au fond, repose une femme qui a donné naissance à une femme qui a donné naissance à une femme qui m'a donné naissance. Je voudrais Jeanne allongée dans une grotte avec nos mains sur les parois, avec les peintures de nos mains autour d'elle, la peinture de la main de sa fille qu'elle n'a connue que cinq ans, une petite main d'enfant peinturlurée et posée sur la pierre, tout près d'elle, et puis celles des femmes qui sont venues après.

Jeanne la folle, Jeanne qui a abandonné ses deux enfants, et personne ne sait pourquoi. Jeanne qui avait probablement une maladie des nerfs, comme on disait. Jeanne qui devait souffrir. Jeanne qui avait épousé le mauvais mec, un sombre type violent, un type qui a élevé ses enfants à elle avec une autre femme qui portait le même prénom. Jeanne qui est morte seule, sûrement, loin de ses deux petits, dans une autre ville, avant la guerre, avant beaucoup de choses, dans une vie apé. Je rappelle le fossoyeur, il décroche avec son accent du Sud, ça me fait sourire. Je marche dans la rue, dans une rue parisienne, dans ma vie du vingt et unième siècle, loin de la vie rurale de Jeanne que je ne connais pas, que l'écriture ne m'aide pas à connaître, que rien au monde ne peut m'aider à connaître. Je ne sais pas pourquoi je téléphone au fossoyeur, il n'a rien à m'apprendre. Les registres ont brûlé dans un incendie, il me l'a déjà expliqué. Je lui parle de la femme sur la photo, il est gentil, au bout du fil, il m'écoute parler, je continue à causer tout en marchant, je lui raconte que je me suis mise en quête de Jeanne le lendemain de ma visite de la grotte du Pech Merle, je lui confesse que je mélange tout, les dates et les lieux, que je pense à Jeanne comme à une femme préhistorique, que je peine à me la représenter en mouvement, vivante, que je n'ai d'elle que son image figée à jamais dans le cadre doré. Je lui explique que j'ai envie de savoir qui sont ceux dont je porte les prénoms, que nous sommes quatre, en réalité, quatre dans la même personne, quatre dans ma tête, quatre dans mon corps, que ça fait longtemps et que c'est fatigant, il a le bon goût de ne pas me rire au nez, de ne pas raccrocher, il dit oui je comprends, il dit vous vous appelez comment déjà, alors je répète, j'égraine pour lui le chapelet de mes prénoms, il hasarde ah oui, Jeanne, Jérôme, Ysé, ça sonne bien, ça, c'était peut-être juste pour ça qu'ils vous ont donné ces prénoms, vos parents, parce que ça sonne bien, non? Non? Vous ne pensez pas? Je conviens que je n'en sais rien. C'est l'hiver et mon souffle fait de la buée devant moi quand je parle, je tourne au coin de la rue où il y a une boutique de pompes funèbres, mes yeux lisent sans le vouloir les plaques mises en vitrine, à mon cher disparu, à toi mon ami, à ma cousine aimée, à ma grand-mère, si la vie n'est qu'un passage, alors sur ce passage au moins semons des fleurs, c'est ça, je grommelle, et, sur une plaque en marbre, des dizaines d'étoiles brillent chaque soir mais une brille plus que les autres, et puis, sur une autre encore, la force de ceux qui partent est de veiller sur ceux qui restent.

J'ai froid, j'accélère le pas. Au fossoyeur, je dis merci monsieur de m'écouter, j'aurais aimé venir vous voir, que vous me montriez la tombe de Jeanne, je lui raconte mon fantasme, ce que j'aurais voulu vivre, l'autoroute avec mon ami garçon, il me taquine, ah mais vous êtes amoureuse, mademoiselle, je rétorque ah non, non, vous savez, je vis avec une femme. Il y a un silence, ah bon, mais pourquoi vous vouliez chercher votre arrière-grand-mère avec un garçon, je hausse les épaules alors qu'il ne peut pas me voir, je ne sais pas, vous savez, ce n'est même pas un ami proche, le garçon que j'avais choisi pour faire ça, il dit vous êtes un drôle de zèbre, vous, ça sonne vous êteuh un drôleuh de zèbreuh, vous, je ris, il dit peut-être parce que ça fait beaucoup, toutes ces femmes, votre compagne, votre tante, votre mère, votre grand-mère, et puis Jeanne, je soupire, oui, ça fait beaucoup, c'est sûr, ça fait beaucoup.

11

J'écris comme on m'arrachait les pansements quand j'étais enfant, sur le deux de un ! deux ! trois ! en me faisant croire que, en me dupant, en arrachant plus vite que prévu, de manière diabolique soi-disant pour ne pas me faire mal, pour que la surprise supplante la douleur, mais la surprise ne supplante jamais la douleur, ça, je l'ai appris plus tard. J'écris comme on balance des enfants dans l'eau pour leur apprendre à nager, j'écris comme ma mère m'a mordue pour m'apprendre à ne pas mordre. J'écris pour me défendre. J'écris avec les poings devant, comme si j'avais une bonne garde à la boxe. J'écris comme j'éteins les bougies, deux doigts dans la bouche, de la salive au bout, j'approche ma main de la flamme sans ciller, même si elle est grande, surtout si elle est grande, j'approche mes doigts mouillés, et, d'un coup sec, je les referme sur le feu, je prends le feu entre le pouce et l'index, je le prends, un instant il m'appartient, un instant c'est un objet que je peux saisir, je le prends vivant et il s'éteint et je suis brûlée. J'écris pour oublier le bruit de la chair qui frappe la chair inerte pour réveiller la vie déjà partie, j'écris pour ignorer les cordes noires qui viennent me saisir aux mollets en essayant de me soustraire au monde vaillant, j'écris pour dire ce que j'ai cru voir dans le monde des ombres, dans le monde détraqué, j'écris pour dire je suis passée par là, j'écris pour laisser des petits cailloux, j'écris pour retrouver mon chemin dans la forêt.

Je n'arrive plus jamais à dormir. Elle dort, elle, à mes côtés. Je me lève, je vais dans une autre pièce de l'appartement, je prends mon téléphone, il est tard dans la nuit, après minuit, on est déjà demain, mais c'est la nuit noire dehors, je pense qu'il ne va pas répondre et ça serait bien normal, mais il décroche, presque dès la première sonnerie. Il répond d'une voix ensommeillée, je dis que je suis désolée, que je ne sais pas très bien pourquoi je lui téléphone, que je n'arrive plus à parler à personne depuis plusieurs semaines mais que j'ai envie de lui raconter quelque chose, je lui parle de la neige sur tout Paris, de ma fille tout juste sortie de moi, dans ce grand silence de la ville, du miaulement que j'attendais et qui n'est pas venu, à lui je peux le dire, ça, je lui parle de l'odeur d'humus et de sang sur son front mécontent, du blanc du bloc opératoire, du blanc des flocons par la fenêtre, de mes larmes qui ne sortaient pas, du blanc des jours qui ont suivi, entièrement emplis de ce silence assourdissant, du blanc aveuglant du jour de l'enterrement, quand on a déposé son minuscule cercueil dans sa petite grotte, du blanc qui a entouré ces jours-là dans ma famille où on ne parle pas, du blanc sous mon crâne, aussi blanc que le blanc du carrelage au sol, aussi blanc que le blanc de la ville dehors, entièrement enneigée, et de ma volonté de remonter le fil qui, ce jour-là, s'est cassé, le fil de cette lignée de femmes, de suivre la piste de mes prénoms, d'essayer de comprendre qui je suis et où je me situe, il se tait, je songe qu'il s'est peut-être rendormi, mais non, il souffle vous êteuh vraiment un drôleuh de zigueuh, je lui raconte qu'ensuite, pendant des heures, pendant des jours, je ne savais pas quoi faire de ça, oui, pendant des semaines je n'ai pas su quoi en faire, de mon statut de mère, ça ne voulait rien dire pour moi, rien dire du tout. On dit veuve pour une femme qui a perdu son mari ou son épouse, orphelin pour un enfant qui a perdu ses parents, et pour moi, on ne dit rien, il n'y a pas de mot, même le langage ne peut rien pour ça, ce qui reste du jour blanc. Je lui dis vous savez, monsieur, tout ce que je voyais, c'est qu'un jour ou l'autre, j'allais me retrouver allongée au fond d'un gouffre, et que j'avais mis au monde quelqu'un qui s'est retrouvé avant moi allongé au fond d'un gouffre, enfin, je vous dis ça à vous, mais c'est votre métier, vous devez savoir de quoi je parle, que j'allais me retrouver dans la terre, enfouie, bordée par des kilos de bourbe, que c'est ça qui m'attend et que c'est ça qui attend les autres que je mettrai peut-être au monde, qu'il n'y a rien qui peut rendre ça intelligible et clair et limpide et lumineux et évident, que parfois je veux un dieu pour avaler la pilule mais que j'ai même pas ça, non, j'ai même pas de dieu, il répond oui, je comprends, mademoiselle, c'est incompréhensible, la mort, je dis c'est pas la mort qui est incompréhensible, c'est la vie, c'est donner la vie à quelqu'un, c'est ça qui est incompréhensible, c'est être responsable de ça, capitaine du navire de quelqu'un qui n'a rien demandé, pilote d'un autre avion que le sien, je me perds dans mes explications, il murmure il est tard, mademoiselle, vous devriez dormir, je dis oui, vous savez, j'ai su que j'étais un maillon de la chaîne des femmes qui vont finir allongées dans un gouffre quand j'ai dû dire, pour la première fois, je suis la mère de, avec le prénom de ma fille ensuite, je suis la mère de, un jour, oui, je me suis présentée comme ça, c'était pour l'administration, pour les papiers à faire après le drame, les innombrables papiers qu'il faut remplir, j'ai dit bonjour, je suis la mère de, je suis la merde, vous entendez, je suis la merde, je suis la merde ! Il a répété, le fossoyeur, avec son accent du Sud, je suis la merdeuh, on a ri dans la nuit, j'ai répété encore une fois, je suis la merdeuh, je suis la tonne de terre merdeuse sur les dépouilles de mes ancêtres femmes qui reposent au fond des gouffres, je suis la couche de gadoue par-dessus elles, je suis la mouscaille épaisse dans laquelle essaie d'avancer ma lignée, tant bien que mal, à l'aveuglette. Et vous savez, je dis au fossoyeur, j'écris pour creuser ma tombe.

QUE DOIS-JE FAIRE ?

C’est ce que je trouve qui me dit ce que je cherche.

PIERRE SOULAGES

1

La sonnette, un coup, driiing. Puis plusieurs coups. Je ne sais plus à quoi elle ressemble, tiens, si c'est un tintement discret, une alarme criarde, un bruit strident. Mais ça sonne, ah oui, ça, pour sonner, ça sonne. Les gens qui sonnent n'attendent pas un signe de l'intérieur de la maison pour gravir les quelques mètres qui vont de la rue à la porte d'entrée, ils sonnent et ils montent, et j'utilise ce verbe à dessein, ils montent l'espèce de passerelle qui donne l'impression que cette maison est un bateau. La porte n'a de cesse de s'ouvrir, de se refermer, les gens arrivent par grappes, on se salue, on se reconnaît, parfois on ne se connaît pas, ou bien on ne se reconnaît pas. Alors on se présente. C'est l'hiver, la plupart des convives portent des gants, des écharpes, parfois des couvre-chefs, d'épais manteaux, de lourdes vestes. Quelqu'un, mais qui, je ne sais plus, quelqu'un se charge de mettre tout ça dans un tas vaguement ordonné au début, puis franchement foutraque, sur le lit de la chambre d'amis. On se frotte les mains, on les frappe même l'une contre l'autre dans l'espoir de se réchauffer un peu, ceux qui portent des lunettes les essuient pour en enlever la buée formée par le contraste entre le dehors gelé et la maison bien chaude. C'est dimanche. On est contents d'être là, contents de se revoir, de se retrouver. Mais ça fait combien d'années. Dix ans au moins. Oui, dix ans, les enfants étaient petits.

Il faut désengorger l'entrée, alors on annonce qu'on va ouvrir une bouteille de champagne, pour faire venir les gens dans le salon. Le bruit du premier bouchon qui monte vers le plafond fait sursauter les enfants, aboyer le chien que quelqu'un a amené. L'effervescence gagne, la sonnette continue de sonner à intervalles réguliers, les pas de nouveaux arrivants résonnent sur la passerelle extérieure, on est de plus en plus serrés dans ce salon. On se frappe dans le dos, on s'embrasse, on s'observe du coin de l'œil, on tchine, santé, allez. Quelqu'un dit mais enfin, elle est où. Oui, c'est vrai, elle est où ? En haut, à l'étage, nous répondons, nous, moi, mon frère, ma sœur. Ah bon, elle se prépare, on s'enquiert. Oui, elle se prépare. On fait sauter un autre bouchon de champagne, un troisième. Bientôt, on ne les compte plus. Les voisins arrivent en voisins, un peu moins chics, peut-être, que les autres invités, mais quand même, tout le monde s'est apprêté.

On a sorti des choses à grignoter, on a mis un disque d'une musique douce mais entraînante, le champagne a fait prendre des couleurs à chacun, on est gais, on parle avec les mains, on fait se présenter les uns aux autres. Nous, moi, mon frère, ma sœur, on a le droit mille fois à des remarques sur combien on a grandi, des questions sur ce qu'on devient. Ce verbe-là, oui, devenir. Et alors vous, les enfants, vous devenez quoi ?

On attend. On guette des signes de l'étage. Quelqu'un de plus impatient que les autres monte voir ce qu'il se passe. La porte est fermée à clé. Il redescend, déconfit. Bon, c'est qu'on va bientôt avoir vraiment faim, dit quelqu'un d'autre. On ouvre encore du champagne. Tant qu'à faire. Tant qu'à être là, debout, à l'étroit dans ce salon. C'est drôle et assez émouvant, de voir toutes ces personnes qui font connaissance, qui se présentent, qui tissent des conversations. Une heure au moins est passée depuis l'arrivée des premiers convives. Peut-être deux. C'est son anniversaire, qu'est-ce qu'elle fout, marmonne un type que je ne connais pas. Tout le monde est resté debout. Il n'y a pas assez de chaises, et de toute façon on attend, personne n'a osé s'asseoir, même les plus vieux. Je quitte mon frère et ma sœur pour aller reprendre une coupe de champagne. Je me sens seule, sans eux. Seule face à ces gens qui étaient déjà dans ma vie alors que je n'en avais pas conscience. Qui ont connu, pour la plupart, mes parents avant moi. Qui m'ont connue bébé, enfant, jeune adolescente. Qui m'ont connue avant le présent. Avant aujourd'hui. J'essaie de fendre la foule pour atteindre la bouteille de champagne. Je passe près de plusieurs groupes, j'attrape au vol des bribes de conversations. Je baisse la tête, pour éviter de croiser un regard, pour me soustraire à un énième alors, tu deviens quoi, toi? Un homme, grand, très grand, aux beaux cheveux blancs, dit à un autre ah mais ça, c'était avec Jérôme.

Avec Jérôme.

Je le dévisage. Lui, je le connais. Pas très bien, mais un peu. C'est un vieil ami de mes parents. Il s'appelle Émile. J'ai l'intime conviction, certes encore confuse, que le Jérôme dont il vient de parler a un lien avec le Jérôme inscrit sur ma carte d'identité. Je continue ma route vers le champagne, troublée. Je reviens au centre de la pièce, vois qu'Émile est seul, à présent, dans un coin, je fends à nouveau les petits groupes en m'excusant, pardon pardon, me dirige droit sur lui en me disant que c'est le moment ou jamais, en m'enjoignant d'être courageuse, une inconnue m'attrape le bras, ah ma chérie, comme tu es devenue femme, c'est pas croyable. Je m'astreins à la conversation usuelle, formelle, j'essaie d'expliquer ce que je *deviens*, je bous intérieurement, s'ils savaient le jour blanc puis le silence dont je sors à peine, et ce verbe qui ne veut rien dire, devenir, je deviens quoi, je deviens rien du tout, je vois Émile au loin, je voudrais lui parler, j'ai des questions à lui poser. Enfin, elle me laisse tranquille, je file vers lui, je me plante devant sa grande silhouette, je lève les yeux vers son visage, je lui dis je crois t'avoir entendu parler d'un certain Jérôme, tout à l'heure, c'est qui ? Ses yeux s'écarquillent. Comment ça, c'est qui ? Bah oui, qui c'est ? Tu ne sais pas qui c'est, il demande. Non, je réponds, non, je ne sais pas qui c'est, je sais seulement que je porte son prénom. Alors ça, il dit.

On a faim, on a faim, on a faim, commencent à scander quelques-uns, aussitôt rejoints par d'autres, puis par l'assemblée entière, on applaudit en même temps, en rythme, le champagne est monté aux têtes, tout le monde est ivre et joyeux, le froid du dehors est oublié, sauf quand quelqu'un ouvre la porte-fenêtre pour aller fumer sur le balcon. Le chien pousse quelques jappements dans l'euphorie générale. Les enfants ont disparu dans la chambre d'amis, au rez-de-chaussée, là où le tas de manteaux est devenu une montagne qui donne l'impression qu'un géant obèse s'est effondré de fatigue, dans sa pelisse, sur le lit qui semble d'un coup minuscule. On entend s'ouvrir une porte à l'étage. Aaaaaaah, clame l'assemblée. C'est pas trop tôt, crie quelqu'un. On débouche à nouveau une bouteille, le bouchon saute au plafond puis tombe sur le pif d'un homme qui grogne comme un ours pour faire rire tout le monde, et ça fonctionne, tout le monde rit. On entend des pas, sur le palier de l'étage. Puis on voit, car dans cette maison, l'escalier est à vue, des jambes très fines descendre, dans un collant à la couleur délicate, entre le jaune et le vert. Tout le monde lève la tête, le regard rivé sur ces jambes qui avancent vers nous. Plus personne ne rit, il n'y a plus un bruit. Viennent ensuite une mini-jupe coupée à la perfection, un pull noir, sobre, élégant. Puis son visage, avec ce sourire inoubliable, et, au-dessus, une perruque bleu électrique de cheveux bouclés. Ma mère.

2

Je n'aime pas les fêtes, elle avait répété toute la journée. Moi, je suis sortie de là avec le numéro d'Émile, qu'il m'a donné en me proposant de lui téléphoner, si je le souhaitais, pour parler de Jérôme. Je suis repartie dans la voiture de Solange et de son compagnon. Émile m'y a poussée, au moment du départ, en me glissant à l'oreille qu'eux aussi, ils avaient bien connu Jérôme. Dans la voiture, j'ai pris une grande inspiration et j'ai posé à nouveau la question. Dis, Solange, Jérôme, qui c'est ? C'est elle qui conduisait. J'étais assise à l'arrière, comme une enfant. Dans le rétroviseur, j'ai vu ses sourcils se froncer. Comment ça, Jérôme, qui c'est ? Oui, j'ai insisté, Jérôme, c'est qui ? Émile m'a dit que vous le connaissiez. Et puis moi, je porte son prénom, mes parents me l'ont donné. Je voudrais savoir qui c'est. Ah, elle a soupiré. Elle a jeté un coup d'œil à son compagnon, assis à sa droite. Est-ce que tu as un peu de temps ? J'ai dit oui. Alors viens à la maison, je vais te montrer des photos.

Il était tard, déjà, j'étais fatiguée. La fête avait duré longtemps, ça avait été une belle fête, on avait tous beaucoup bu, beaucoup mangé, certains avaient même dansé. Les convives étaient repartis comme ils étaient venus, par petites grappes, dans la nuit tombée depuis longtemps. Le gros géant du lit de la chambre d'amis avait maigri à vue d'œil. On avait ramassé quelques assiettes, quelques coupes de champagne, pour aider les maîtres des lieux. Nous, moi, mon frère, ma sœur, étions épuisés. Mais j'étais la seule à repartir, ils vivaient encore là, dans la maison de banlieue. J'ai hésité quelques instants puis j'ai accepté la proposition de Solange, sûre que si je ne la saisissais pas maintenant, l'occasion ne se représenterait pas. Nous sommes entrés dans un appartement que j'ai trouvé très beau. Le fils de Solange et de son compagnon était là, un garçon de mon âge à peu près, il jouait de la guitare dans une pièce chaleureuse, comme un dimanche soir normal, paisible. Lui ne verrait probablement jamais sa mère descendre un escalier devant cinquante personnes qui l'attendent depuis deux heures coiffée d'une perruque bouclée et bleu électrique. Je me suis demandé si je devais le plaindre ou l'envier.

Voilà, a dit Solange après avoir farfouillé dans sa bibliothèque. Je ne te propose pas à boire, hein, d'accord, elle a souri. J'ai dit non, ça vaut mieux, au moment où elle ouvrait devant moi un album photos comme on n'en fait plus. Elle a pointé un visage sur une photographie. C'est lui, Jérôme. Je me suis penchée. C'était une photo en noir et blanc, d'une fête. Et il est aussi là, là, et aussi là, elle a continué, en posant son doigt chaque fois à des endroits différents de la page. J'avais le tournis, ça allait trop vite pour moi, tout ça. Il y a quelques heures, mon gentil fantôme était juste dans un coin de ma tête, une figure lointaine à qui je pensais souvent, et même presque chaque jour. Mais là, d'un coup, il prenait corps, il prenait vie, une femme que je ne connaissais pas était en train de me le montrer, chez elle. Attends, attends, j'ai fait en me penchant un peu plus, les yeux plissés. Il est jeune, ça date de quand ? Elle n'a pas répondu. Elle a posé son doigt sur un autre visage. Elle a dit et là, bien sûr, c'est ta mère. Bien sûr.

Je l'aurais sûrement reconnue si Solange ne m'avait pas dit que c'était elle. Mais je me suis rendu compte que je ne connaissais rien du visage de ma mère lorsqu'elle était jeune, rien de sa vie avant. Rien de sa vie avant moi.

Que dois-je faire ? La question tourne en boucle dans ma tête. Dois-je confronter à nouveau ma mère ? Lui demander encore une fois qui est ce Jérôme, lui dire que ça fait trente ans que je vis avec ce prénom accroché à moi comme un bateau à son ancre, et d'ailleurs, qui est le bateau et qui est l'ancre, on l'ignore, et il serait peut-être bon qu'elle m'explique, maintenant, ce que je fiche avec un prénom masculin dans mon état civil. Que dois-je faire, oui ? Est-il de mon ressort de faire parler quelqu'un qui n'a jamais parlé ? Ou dois-je respecter ce qui constitue le noyau dur de notre famille, ce voile sur ce qui a pu exister avant, ce silence sur le passé, qui fait que tout peut être dit, entre nous, en ce qui concerne le présent, qui fait qu'on est une de ces familles où on sait rire des malheurs tant qu'ils sont actuels, *hic et nunc*, même les plus graves, où on sait rire de la mort, où on s'évertue à plaisanter quoi qu'il arrive, à condition qu'il s'agisse des choses perceptibles.

3

Je suis allée chez Émile, un jour, comme ça. On avait échangé quelques messages après la fête, il m'avait proposé de passer boire un café quand je voulais. J'y suis allée poussée par le fantôme de Jérôme qui se faisait plus insistant, ces derniers temps. Sa présence sur mon épaule, je la ressentais plus qu'avant, maintenant que j'avais la certitude que ce prénom était celui de quelqu'un de *véritable*, quelqu'un qui avait existé. Il m'occupait. Il prenait de manière irrationnelle la place que l'enfant avait prise dans mon corps l'été dernier. J'étais gênée de cacher à ma mère que j'allais rendre visite à son vieil ami. J'avais l'impression de faire quelque chose de mal. Mais je voulais savoir, une fois pour toutes, qui était ce Jérôme sur mes papiers. Une ombre sur mes cahiers, un désordre dans mon ordre. J'étais persuadée qu'une fois le mystère éventé, j'allais vivre mieux, en bons termes avec ce personnage, main dans la main avec ce garçon dans mon identité de fille, plus apaisée aussi. J'allais peut-être même retrouver l'envie de parler.

Émile a fait deux allers-retours à la cuisine, pour nous faire des cafés avec une machine à capsules. Il est allé chercher une enveloppe sur son bureau, une grande enveloppe en papier kraft, qu'il a posée devant lui, à côté de sa tasse. Il a dit depuis la fête, j'ai beaucoup pensé à toi, à Jérôme, je ne sais pas bien pourquoi tes parents ne t'en ont jamais parlé. Il a ajouté moi je vais avoir du mal à t'en parler, c'était mon amour. Il y a eu un silence. Je fixais les stries sur mes ongles, des rainures toutes fines, j'ai été traversée par ce mot de *lunule*, appris lorsque j'étais petite et qui m'avait tellement époustouflée que je me souviens encore de la scène où ce mot, lunule, s'était fixé dans mon esprit d'enfant, ce moment précis où j'ai compris qu'il désignait ça, c'est-à-dire à peu près rien, une tache claire à la base des ongles. Je me souviens aussi de la joie qui m'avait envahie à l'idée que ça puisse être ça, le langage, que ça puisse consister à trouver des mots pour désigner des choses aussi insignifiantes. Un mot pour chaque chose, et l'univers sera bien gardé. Émile a repris, la voix sourde, c'était mon amour, oui, il est mort ici même, dans cet appartement et dans mes bras. Il avait trente ans. C'était il y a trente ans.

On a discuté encore. Il a prononcé des mots que j'ai oubliés, sur Jérôme. Il a parlé de sa beauté, comme un soleil, il était, éclatant de beauté, il a dit combien il l'avait aimé, combien il l'aimait encore, combien il l'aimerait toujours. Il a précisé qu'ils étaient très amis, avec ma mère. Jérôme et ta mère. Il fallait les voir, ces deux-là. Il a évoqué les cours de théâtre où tous, ils s'étaient rencontrés, la vie qu'ils menaient les uns à côté des autres, les uns avec les autres. Lui, Jérôme, ma mère, Solange. D'autres encore, certainement. Il a parlé du jeune couple que formaient mes parents, de l'endroit où ils habitaient alors, dans un immeuble où plusieurs appartements étaient loués par des amis à eux. Toute cette vie avant aujourd'hui qu'il déroulait sous mes yeux. Je n'ai pas pris de notes. Je ne l'ai pas enregistré. Je ne me souviens de presque rien.

Il est allé farfouiller à nouveau dans son bureau. Il est revenu s'asseoir face à moi, autour de la grande table du salon. Il avait une photo dans la main, une photo en noir et blanc. Voilà, j'ai cette photo, elle appartenait à Jérôme, elle était pour ta mère, et au dos de ce tirage, Jérôme lui avait écrit quelque chose. Il me montre la photo. Il dit c'est moi qui l'ai faite. C'était la fin d'une pellicule, c'est pourquoi leurs deux visages sont superposés. Je les ai pourtant photographiés l'un après l'autre, mais c'est la magie de l'argentique, ça, et tu vois, les deux portraits se mélangent. Il me tend la photo. Ils sont côte à côte. Jérôme et ma mère. La photo est ratée. La pellicule a imprimé deux photos sur la même. Jérôme est un peu en arrière-plan, un peu plus sombre. Il tient son menton dans sa main droite, il fixe l'objectif. Regard face caméra. Il a les cheveux courts, des lèvres charnues, des sourcils décidés. Il ne sourit pas. Il semble songeur. Ma mère est toute proche de lui, avec cet effet de superposition de l'argentique. Elle porte un foulard fleuri, un pull en grosses mailles. Son visage est au premier plan, lumineux. Elle regarde sur le côté, du côté de Jérôme. Elle a l'air d'avoir du rouge à lèvres rouge, elle a des joues rondes, tant de choses que je ne connais pas d'elle. Je n'ai jamais vu ma mère avec du rouge à lèvres rouge, je ne l'ai jamais vue avec ce visage rond. Ni avec un pull en grosses mailles, et encore moins avec un foulard à fleurs. Pourtant c'est elle, oui, incontestablement. Entre eux deux, le problème de pellicule fait qu'il y a comme un voile. La photo est pleine de grain. On dirait que le visage de ma mère est auréolé de tulle. C'est comme si elle portait une coiffe, un voile de mariée produit par la superposition des deux photos. Un voile de mariée noir.

Émile me propose un autre café. Non merci. Il ajoute qu'il a photocopié cette photographie, pour moi. Il pousse dans ma direction l'enveloppe en kraft, la photocopie s'y trouve. Et derrière cette photo que je garde précieusement, il reprend, il y a un mot de la main de Jérôme, comme je te disais, sans doute pour ta mère, mais je n'ai jamais compris le sens de cette phrase. Je te l'ai photocopiée aussi, j'ai fait le recto verso. Je reprends la photo dans ma main, je la retourne. Derrière, au beau milieu, sur un rectangle de feuille d'écolier à petits carreaux, une main que je ne connais pas a écrit : « Parce que je me souviens de Sousse. J. » Je fronce les sourcils. Qu'est-ce que ça veut dire ? Émile m'explique qu'il s'agit peut-être d'un voyage avant le mariage de mes parents, que ça pourrait correspondre. Je hausse les épaules. Le mariage de mes parents. Encore quelque chose avant mon présent, encore un truc dont je ne saurai rien. Dans les autres familles, il y a des photographies de ce moment. Elles sont sur le buffet du salon, de *la salle à manger* comme on dit, sur la cheminée, ou aimantées sur le frigidaire. Chez nous, il n'y a pas de buffet, on ne dit jamais *la salle à manger* pour désigner une pièce, on n'a pas de cheminée, on n'a pas d'aimants pour le frigidaire, on n'a pas de photographies. Aucune photographie. On est une famille anonyme. On ne sait pas d'où on sort. Nous, moi, mon frère, ma sœur, on grandit dans le blanc. Sousse, ça veut dire quoi, ça, je demande à nouveau, sans grande conviction. Cette conversation m'a épuisée, je ne pense plus qu'à reprendre le métro, rentrer chez moi, arrêter cette recherche. Je n'aurai probablement pas de réponses, et même si j'en avais, elles ne changeraient rien. Rien à ma vie aujourd'hui, ma vie dans le présent. Rien au monde.

Ils avaient fait un voyage en Tunisie, reprend Émile, alors Sousse, ça doit être un souvenir de là-bas, je ne sais pas. J'avale ma dernière gorgée de café, la gorge vaguement nouée, le ventre aussi. Je m'en vais, avec mon enveloppe en kraft sous le bras. Je rentre chez moi. Je range l'enveloppe précieusement, dans un dossier que j'intercale entre d'autres dossiers, dans un grand placard. Je ne veux plus penser à ça, à Jérôme, à tout ce que j'ignore de la vie de ma mère, de la vie de mes parents. C'est entendu, ça ne changera rien, et surtout rien au jour blanc. À quoi bon.

4

Sauf que c'est comme ça, les images, les fantômes, ça colle. De vraies sangsues. J'ai commencé à vivre avec Jérôme. Maintenant que j'ai vu sa photo, il parasite mon esprit. J'ai d'abord remarqué tous les hommes qui lui ressemblaient. Dans le métro, au café, partout où j'allais. Je me suis demandé l'âge qu'il aurait aujourd'hui, s'il n'était pas mort, je me suis interrogée sur le visage qu'il aurait si je le croisais à l'heure actuelle. J'ai imaginé un homme d'une soixantaine d'années. J'oscillais entre me le figurer avec les cheveux encore bruns ou bien avec les cheveux blancs. J'ai voulu en savoir plus, quand même, alors j'ai continué mes recherches. Je n'avais pas grand-chose à ma disposition : son prénom, une photo floue et imprécise, un petit mot incompréhensible de sa main. Quelques indices supplémentaires et maigrelets, glanés ici et là, le nom de son cours de théâtre, son nom de famille que m'avait donné Émile. Sa date de naissance, la date de sa mort ? Inconnues. Il était mort depuis si longtemps. Il était mort avant ma naissance. On ne s'était même pas croisés.

Mais bien mort et bien que mort, il colonise mon esprit. Il est partout. Un homme qui aimait les hommes, un homme qui aimait Émile. Il est partout, il m'accompagne, où que j'aille. Je vis deux réalités parallèles : la mienne, la réalité de ma vie de fille de trente ans, et la mienne vue par les yeux d'un homme qui avait trente ans dans les années quatre-vingt. Je l'invente à mes côtés. Il ouvre de grands yeux devant les trottinettes électriques aux couleurs criardes qui envahissent Paris, devant les livreurs de nourriture qui sillonnent la ville à vélo, des sacs carrés réfrigérés sur le dos. Je suppose sa stupeur devant les téléphones portables, l'utilisation d'Internet. Je me dis que je vais l'emmener en Tunisie. Qu'on va aller à Sousse, lui et moi. S'il a quelque chose à me dire, ce sera forcément là-bas. Et s'il n'a rien à me dire, alors il me lâchera les baskets.

Je vais chercher un atlas à la bibliothèque municipale. J'aurais pu aller sur Internet, bien sûr, mais depuis quelque temps, je fais pas mal de choses comme si je vivais avec Jérôme à son époque. Alors oui, la bibliothèque municipale, l'atmosphère feutrée qui m'apaise dès que j'entre, les chuchotements des autres usagers, le rayon géographie. Tout ça un mercredi après-midi, mon fantôme sur les talons. J'ouvre l'atlas à la page de la Tunisie. Je connais mal ce pays, j'ignorais qu'il était si grand, si vaste, si étiré du nord au sud. Je ne connais presque aucun des noms de villes sur la carte. Tunis, évidemment. Djerba. Tataouine. C'est tout. Sousse, je ne sais pas où c'est, je mets du temps à la débusquer. Je lis à voix basse les distances entre les principales villes à partir de Tunis. Pour Sousse, cent quarante-trois kilomètres.

Je fais ça, j'achète un billet d'avion pour Tunis, un aller-retour. Je suis en arrêt maladie longue durée depuis le jour blanc. Les médecins sont préoccupés par mon état. L'absence de larmes. La perte totale de la parole pendant plusieurs jours, puis le quasi-mutisme. Elle et moi, on ne se parle presque plus. C'est trop douloureux. Je lui dis que je compte partir chercher Jérôme. Elle soupire, hausse les épaules, sourit, me dit d'une voix douce que s'il y a des activités qui peuvent me faire penser à autre chose, alors il faut s'y accrocher. Elle a fait d'autres choix que les miens : elle participe à un groupe de parole autour du deuil alors que je suis incapable de parler, elle voit ses amis tout le temps alors que je me réfugie dans les livres, elle est du côté du bruit et de la vie alors que je n'aspire qu'au silence. Les jours qui précèdent le départ, je ne sais pas comment m'y prendre pour préparer mon voyage. Je n'ai jamais mis un pied sur le continent africain, je ne sais rien du Maghreb. Je ne peux pas dire à mes parents que si je pars subitement en Tunisie, c'est pour essayer de me débarrasser une bonne fois pour toutes de ce spectre qui me tourne au-dedans depuis bien trop longtemps. Parfois, j'ai envie de renoncer. Il suffirait peut-être que je demande à ma mère de me raconter qui était Jérôme, ce qu'ils étaient allés foutre ensemble en Tunisie, pourquoi elle a tenu à me donner son prénom quand je suis née. Mais c'est impossible. Son regard s'échapperait et tout son être s'effacerait dans le silence, comme je l'ai vu faire tant de fois. Dans mon sac à dos, j'emporte avec moi la photo de Jérôme et de ma mère, celle où leurs deux visages ne font qu'un ; où pourtant ils sont si seuls, chacun d'un côté de l'image, chacun perdu en lui-même. Je passe à la pharmacie pour acheter quelques médicaments au cas où je serais malade, là-bas. Sur le périphérique en direction d'Orly, je ris toute seule, à l'arrière d'un taxi dont le chauffeur sympathique m'offre des chewing-gums pour le décollage. Tout prétexte est bon pour se barrer loin d'ici, je pense, plongée dans la grisaille parisienne hivernale. J'irai à Sousse juste parce que j'ai pris connaissance de l'existence de cette ville en lisant son nom écrit de la main de Jérôme.

Dans l'avion, je suis à côté de la travée. Je n'aime pas cette place, je préfère de loin le hublot. Mais elle me permet d'observer, de l'autre côté, une femme qui me fascine, d'une beauté stupéfiante, avec un voile coloré dans des cheveux très bruns et une tunique bleue brillante. Au bout d'un moment, elle me regarde la regarder, la contempler, même, et elle entame la conversation. Elle veut savoir si je suis tunisienne. Je ris tellement fort que l'hôtesse sursaute. Je somnole ensuite, et on atterrit. À la douane, on attend longtemps, tous les papiers d'identité sont vérifiés. Dans la file, je tiens les miens ouverts à la bonne page. Je fixe mon nom de famille jusqu'à ce que l'assemblage des lettres ne veuille plus rien dire. Puis je scrute mon prénom, mon premier prénom, ces sept lettres qui forment mon identité. Puis mon deuxième, Jeanne. Et juste à côté, narquoises, les lettres qui forment le prénom Jérôme. Jérôme, inséré entre Jeanne et Ysé. Jérôme aux yeux rêveurs, sous ses sourcils épais. Un jour, il s'est tenu ici même, peut-être avec ma mère. Quand je m'échappe enfin de la douane, il fait nuit. Je tourne dans l'aéroport, pour prendre mes marques. Deux types me courent après en me hélant, mademoiselle Pauline ? Oui. Clinique de l'Espoir, veuillez nous suivre. Comment, dis-je. Clinique de l'Espoir, venez. Mais enfin. Vous êtes bien mademoiselle Pauline ? Oui, oui, je réponds, un peu agacée. Alors venez. Mais enfin, personne ne m'attend, personne ne sait que je suis là, comment me connaissez-vous ? Les deux hommes se regardent, surpris. Votre prénom, c'est Pauline ? Oui, je balbutie, mais ça y est, ils me font douter, est-ce que je ne m'appellerais pas autrement. Bon, dit un des types, on pense que c'est vous. Ils me montrent une photographie sur laquelle apparaît une jeune femme qui porte des lunettes. À part ce point commun, elle ne me ressemble pas. Ce n'est pas moi, vous voyez bien que ce n'est pas moi, je m'offusque. Mais si, c'est vous. Mais non. Mais si. Mais puisque je vous dis que non, ce n'est pas moi. Mais vous êtes Pauline, vous l'avez dit vous-même ! Je suis Pauline, oui ! Je suis Pauline ! Mais ce n'est pas moi ! Vous avez rendez-vous à la Clinique de l'Espoir, suivez-nous. Je commence à paniquer, j'ai le souffle court comme si j'avais couru, je ne comprends plus rien à ce que je fiche là, à ce que me veulent ces types. Les mots de Kant frappent contre mon crâne, que puis-je savoir, que dois-je faire, que m'est-il permis d'espérer. Une femme arrive, une jeune brune à lunettes, elle se dirige droit sur les deux types, leur tend une main ferme et manucurée, et dit bonsoir je suis Pauline Rodriguez, je viens me faire opérer à la Clinique de l'Espoir.

Dehors, un léger vent dans les palmiers. Le noir qui sent l'Orient, à en faire palpiter les narines. Au matin, je sors chercher un taxi sur la bretelle de la grosse route à côté de l'hôtel bon marché où j'ai dormi, le premier que j'ai trouvé. Le trajet vers la gare de Tunis me permet d'apercevoir la ville qui a l'air immensément étendue. À la gare, j'achète de l'eau et des biscuits dans une échoppe puis je prends un billet de train pour Sousse. Je n'ai pas de temps à perdre. Je consulte Jérôme dans ma tête, je lui demande s'il va me foutre la paix une fois qu'on sera allés là-bas ensemble, lui et moi. Je trouve le bon quai, le bon train, le bon compartiment. Le trajet dure deux heures, m'annonce le contrôleur. Par la fenêtre, je découvre les paysages de Tunisie. Il y a beaucoup de cactus, et ça m'étonne, des étendues désertiques, mais aussi de jolies petites gares de province. Dans le train je m'endors, épuisée par le voyage et la chaleur. L'arrivée à Sousse se fait sous un soleil au zénith. On descend du train. Alors, t'es content ? T'es content d'être là ? T'es venu avec ma mère, avant le présent, avant ma naissance. Tu reconnais ? Moi, est-ce que je suis censée reconnaître ? Je ne reconnais rien. Il fait une chaleur pas possible, je suis perdue. Je ne sais pas où aller, je n'ai pas de guide de la ville, je n'ai rien réservé, pas d'endroit où déposer mon bagage.

À la sortie de la gare, des grappes d'hommes attendent les touristes pour leur proposer leurs services, taxis, motos, hôtels. Je marche d'un pas rapide vers la sortie, menton baissé, pour qu'ils me laissent tranquille, pour qu'aucun d'entre eux ne m'empoigne le bras. Une fois dehors, je continue à faire semblant de connaître mon chemin, je marche vite, les yeux sur mes chaussures, les mains agrippées aux bretelles de mon sac à dos. Soudain, j'entends un miaulement furtif et déchirant. Je m'arrête un instant, cherche des yeux d'où le cri a bien pu surgir, mais je ne vois rien. Je m'apprête à reprendre ma route quand le miaulement se fait à nouveau entendre. Je cherche mieux, je fouille le paysage, je ne vois rien mais le miaulement, cette fois, ne s'arrête pas, il se poursuit en continu. D'un coup, mes yeux se posent sur un grillage servant de clôture à une maison qui semble abandonnée. Pris dans les barbelés, il y a un chaton minuscule. Il a passé la tête et les pattes avant, mais ses pattes arrière et sa queue sont coincées de l'autre côté. Le grillage lui est entré dans le ventre et du sang coule sur ses poils. Je m'approche, je lui parle, eh ça va aller, tu vas voir, je vais te sortir de là, laisse-moi faire, va. Je faufile un de mes poignets dans la clôture, pour pousser son popotin pendant que mon autre main essaie de retenir son corps, côté route, où je me trouve. Je pousse un peu, il miaule plus fort, j'enlève le morceau de grillage qui lui déchire le ventre, je pousse encore et le petit corps tombe dans ma main gauche ; il ne dépasse pas de ma paume et il miaule à fendre l'âme. Bah voilà, tu vois, c'était pas si difficile, je lui dis, elle est où ta mère, je vais pas te laisser là, au bord de cette route à la circulation folle, tu vas finir écrasé en moins de trois minutes, elle est où ta mère, et les autres, ils sont où les autres, il y a forcément d'autres chatons dans le coin, t'es pas né tout seul quand même, ça arrive rarement, ça. Je lui parle en le regardant de haut, dans la poussière soulevée par les deux-roues qui me frôlent à toute berzingue, son corps de minuscule bête au sang séché sur le poitrail, et d'un coup il saute sur le mien, de poitrail, toutes griffes dehors, les quatre pattes écartées, l'espace d'un instant on dirait une chauve-souris, il saute sur mes seins, aïe bordel, les griffes dans ma chair pâle, bien accrochées, puis de mes seins il remonte sur mon épaule gauche, et il reste perché là.

5

J'ai entendu un rire, dans ma tête, le rire de Jérôme, qui observait tout ça, goguenard. Le chat de Sousse, manquait plus que ça, j'ai marmonné. J'ai essayé de l'enlever de mon épaule. Il a planté ses griffes plus profondément, elles ont traversé mon tee-shirt, sont rentrées sous ma peau. J'ai tiré sur le tout petit corps. En tirant, je me suis dit qu'il suffirait que je referme ma paume sur lui pour le tuer. Que ça serait simple. Que le corps frémissant cesserait de frémir. Et que je pourrais le jeter dans le caniveau, chair inerte parmi les poussières de cette ville inconnue, et me casser vite fait. Il a miaulé, comme pour protester. Oh ça va, c'est qu'un fantasme, je lui ai dit. Mais qu'est-ce que j'allais bien pouvoir foutre de lui ? J'ai jeté un œil autour de moi, certaine de voir apparaître une chatte un peu énervée qu'une paumée lui ait chouravé son rejeton pas très doué pour la vie. Rien à l'horizon. Aucune portée miaularde parmi laquelle reposer le rescapé. Le soleil me tapait sur le crâne. Et lui n'arrêtait pas de pleurnicher dans mon oreille gauche. De longs miaulements plaintifs, très aigus. Ta gueule, j'ai dit. Si tu veux rester là, ta gueule. Et Jérôme, pareil, je te conseille de faire profil bas, mon grand, parce qu'on est venus là pour toi, tu n'es pas au rendez-vous, et je n'ai pas de plan. Aller où ? Dormir où ? Que dois-je faire ?

J'essaie une nouvelle fois de décrocher le chat. Je tire, un peu furax, sur la boule de poils qui reste juchée sur mon épaule. Même comédie : il résiste, plante plus profond ses griffes. C'est bon, je soupire, j'ai compris, tu restes là. Mais tu peux dire adieu à ta mère, à ta fratrie, parce que moi, je ne sais pas où je vais, mais je ne compte pas faire de vieux os ici. Sur le passage piéton, on me dévisage en rigolant. Dans une vitrine, je croise mon reflet. C'est moi, ça ? Cette fille échevelée, en sueur, avec un vieux jean et un tee-shirt sale, un sac à dos, et un chat perché sur l'épaule, comme les pirates portent leur perroquet. Je continue ma route vers rien. Et peu à peu, je m'habitue aux regards posés alternativement sur moi et sur le chat, aux enfants qui me montrent du doigt en se poussant du coude. On a avancé comme ça, dans Sousse. Mon idée, c'était d'aller voir la mer.

J'ai acheté une bouteille d'eau dans une boutique où des gens s'égosillaient, une vague histoire de bananes pas mûres. Je suis assise sur la plage de Sousse. J'ai mis un foulard sur mes cheveux pour me protéger du soleil, mais malgré ça la tête me tourne, il fait trop chaud. Le chat a cessé de miauler. Je l'ai descendu de mon épaule, il a fini par accepter. Le sable brûlant lui crame les coussinets, il reste sur ma cuisse, à faire des allers-retours sur mon jean, ça me chatouille et ça me fait mal, ses griffes qui entrent et sortent. J'ai trouvé, dans la rue, une vieille boîte de sardines ouverte et vide, je suis allée la rincer dans la mer, j'en ai fait une écuelle. Je lui ai versé de l'eau, il a tout lapé, comme un vieux au bord de la mort. Qu'est-ce que ça peut bien becqueter, un animal pareil ? Même pas un chat, un avorton de chat. Je suis pas ta mère, merde, je lui dis, alors qu'il se remet à miauler d'une voix déchirante. Je ne sais pas ce que je fous là, et même la mer, qui me console toujours, ne me console pas.

Sousse. Le bleu éclatant des portes contre le blanc des murs peints à la chaux, les arrondis partout, dans les toits des bâtiments, dans les cafés, dans toutes les architectures. Les grands sacs d'épices qui embaument à des kilomètres à la ronde. Les souks enchevêtrés. Les pavés de la médina et le chant du muezzin. Les plats en terre cuite et peinte, les légumes sur le trottoir, les inscriptions en arabe, les chats partout, absolument partout. Les remparts que je longe, songeuse. Ils sont venus ici. Ils sont venus ici avant le présent, avant ma naissance. Et de ça, je ne peux rien faire. En marchant, je ne me rends compte que de ça : de cette information, je ne peux rien faire. Le voyage est vain. On ne peut pas être l'enquêteur de sa propre vie, le détective de son passé, il ne s'agit pas d'avoir une piste pour tirer tous les fils. Dommage, c'est beau, Sousse. Mais ça ne m'apprend rien, rien sur Jérôme que je suis venue chercher, rien sur ma vie, ça ne change rien, non, rien au monde.

Je traîne les pieds le long des remparts. Je suis des yeux le vol des oiseaux, quand il y en a. Je vais t'appeler Tutu, je lui dis. Tutu comme Tunisie, je ne suis pas allée chercher bien loin. Je m'assois sur un banc, je prends Tutu sur mon épaule. Je le mets dans la paume de ma main. Il se recroqueville. Qu'est-ce qui m'a pris de l'enlever à son destin, celui-là ? Il serait mort dans le grillage, et puis quoi. Un animal plus fort, plus fourbe, l'aurait mangé pour son quatre-heures. Après tout, c'est comme ça, la vie. Je monte la main à hauteur de mes yeux. J'examine le sang séché dans les poils de son poitrail miniature. Je le renifle. Son odeur de poussière. Il est sale, extrêmement sale. Je remets Tutu sur mon épaule perchoir, je pose un coin de mon tee-shirt contre le goulot de ma bouteille, je la renverse et, avec le tissu humide, je lui lisse les poils. Je m'attendais à une rebuffade, mais non. Je le nettoie comme ça pendant quelque temps. Je pense aux chattes qui lèchent leurs petits sortis d'elles, moi j'aurais voulu lécher l'enfant née sans souffle. Voilà, t'es beau comme un camion, Tutu ! Je regarde entre ses pattes, pour savoir si c'est un garçon ou une fille. On ne voit rien. Je le remets dans ma paume, l'examine plus attentivement, le rapproche de mon visage. Je me rends compte qu'il est aveugle. J'avais compris qu'il ne voyait pas très bien, il avait fallu que je lui plonge presque la tête dans l'eau pour qu'il s'abreuve, mais je mettais ça sur le compte de son âge. Un si petit chat, à peine sorti du ventre maternel. J'ai bien l'impression que la vie ne t'a pas gâté, mon pauvre Tutu. Tout petit, aveugle, abandonné par ta mère, une blessure au poitrail. Bon allez, viens, on va manger un couscous.

6

Je parle au chat comme je parlerais à Jérôme. Comme j'aurais envie de parler à ma mère, aussi, peut-être, ma mère si mystérieuse, si secrète. Il ne quitte plus mon épaule gauche. Ses griffes plantées dans ma chair, on traverse les rues en courant pour éviter les mobylettes qui pétaradent, on marche d'un bon pas pour ne pas nous faire importuner par les gens qui nous hèlent dans les rues, on grimpe dans des autobus. Il ne descend que lorsque je tire sur son corps pour le glisser par terre, quand je sens qu'il s'agite, je le pose dans la poussière pour qu'il fasse ses besoins. Je tourne les yeux pudiquement, je le laisse faire, il miaule quand c'est terminé, je le reprends dans ma main, il saute sur mes seins, d'où il grimpe jusqu'à mon épaule. Il se poste là, parfois la tête tournée vers l'arrière, parfois vers l'avant, parfois presque couché en rond au creux de ma clavicule. Quand je lui donne à manger, je mets la nourriture dans ma main, je lui force la truffe dessus pour qu'il puisse sentir à défaut de voir. Il mange les miettes du thon en boîte que j'ai acheté pour lui avec un appétit qui me bouleverse, il lèche mes doigts avec sa langue rose et râpeuse et je dois reconnaître que j'adore ça, sentir sa minuscule langue rose et râpeuse qui passe et repasse sur mes doigts.

La première journée a filé. J'ai traîné mon corps à travers la ville. Tout Sousse m'a vue déambuler dans ses rues, flanquée de mon chaton aveugle. Je pousse la porte du premier hôtel venu. C'est un hôtel de luxe, face à la mer. Un portier me prend mon sac à dos, un autre homme arrive en trottinant avec un plateau sur lequel reposent des serviettes fraîches qu'il me tend. J'en saisis une, je me frotte longuement les mains, ça fait un bien fou après toute cette chaleur. Je cherche l'homme des yeux, pour reposer la serviette. Il a disparu. Je suis désorientée, ma serviette à la main, le chaton qui miaule sur mon épaule, au milieu de ce hall d'hôtel grand trois fois comme notre appartement, entièrement recouvert de marbre. Je m'approche du bureau d'accueil. On me regarde, circonspect, de l'autre côté du comptoir, engoncé dans un veston cintré qu'on porte avec fierté. On me demande si j'ai réservé. Non. On me demande ce que je veux. Enfin, de manière plus polie, évidemment. Je dis que je veux dormir. Au moins deux nuits, j'ajoute. Et je voudrais un petit déjeuner, aussi. J'annonce que j'ai un chat, est-ce qu'il est accepté ? On me toise, moi, mon jean sale, mon tee-shirt plein de crasse et de sueur. On me rétorque c'est ça, votre chat, avec un geste du menton vers Tutu qui ne moufte plus. Oui. Est-ce que ça pose un problème, je demande d'un ton légèrement énervé. Je sors ma carte bleue, pour montrer un peu d'assurance. Non, veillez cependant à ce qu'il ne fasse pas ses besoins dans la chambre. On ajoute, radouci, que la chambre possède un balcon, dont la vue donne sur les différentes piscines, mais aussi sur la mer. Vous pourrez toujours le sortir là. Très bien, je lance avec fierté. Je donne mes papiers d'identité, je signe les documents qu'il faut signer. Dans l'ascenseur, je ris de mon reflet. Je ne sais pas qui, de Tutu ou de moi, a l'air le plus hagard. Je mets la clé électronique sur la borne de la chambre qu'on m'a indiquée, je pousse la porte. C'est immense. Mon sac à dos a été posé près d'une table sur laquelle de la pastèque coupée en tranches goutte dans une assiette. Il y a aussi un mot écrit à la main sur mon oreiller. Bienvenue Madame. Madame, tu te rends compte, Tutu, je hurle presque, pour ne pas penser à quel point tout ça est déraisonnable et illogique : Jérôme, la Tunisie, Sousse, cet hôtel de grand luxe. Il s'en fout, Tutu, il est occupé à parcourir le lit sur ses pattes faiblardes, un lit déjà gigantesque pour moi alors pour lui, imaginez, c'est un pays entier, c'est un continent. C'est bien, ça, mon Tutu, je l'encourage, quand il traverse la moitié du lit. Ce chat doit être vraiment jeune, ou très handicapé, il n'a pas l'air de savoir bien marcher, il divague, sur les draps tirés militairement, il semble ivre. T'es pété, Tutu, je lui dis, tu sais quoi, on va essayer de dormir, et puis demain on ira à la piscine, et puis après, après, et puis après je ne sais pas, on verra bien.

Je ne dors pas. Je ne dors plus jamais, de toute façon. J'ai commandé des frites au room-service, que j'ai mangées sur la terrasse où j'ai humé l'air plein d'épices et d'embruns venus de la mer que je ne voyais pas, dans la nuit noire, mais que j'entendais toute proche. Tutu dormait depuis bien longtemps, lové sous un des cinq oreillers du lit continent. J'ai pensé que je pourrais lui téléphoner pour lui raconter tout ça, Sousse, Tutu, l'hôtel de luxe et l'odeur de la mer, qu'elle aurait sans doute plaisir à entendre ma voix, mais je me suis aussitôt imaginée parler et j'ai préféré avoir cette conversation dans ma tête. J'ai ouvert l'enveloppe en kraft que m'avait donnée Émile. J'en ai sorti la photo de Jérôme et de ma mère, celle sur laquelle leurs deux visages ne font qu'un. Je l'ai retournée. J'ai lu pour la vingtième fois le mot écrit au dos. Parce que je me souviens de Sousse. Sûrement que c'était une plaisanterie entre deux amis, deux amis dont l'un est mort depuis des années et ne me répondra plus, et dont l'autre est ma propre mère, ma mère qui ne parle pas. Qui ne me parle pas.

Le buffet du petit déjeuner est à la hauteur de mes espérances. Des crêpes tunisiennes ! Du miel ! Des petites saucisses fumées ! Tutu se bâfre de fromage blanc, que je lui ai versé dans la vieille boîte de sardines qui lui sert toujours d'écuelle. On fait tache, parmi tout ce faste. Il a passé la nuit dans mon cou, sous une couette en plumes d'une douceur incomparable. Il ronflotait gentiment, miaulait quand je voulais me tourner à droite ou à gauche, déplaçait son corps pour continuer à épouser le mien. Après le petit déjeuner, de retour dans notre chambre, je trouve mon lit déjà fait et des pétales de rose qui forment un cœur sur la couette dans laquelle je comptais bien me vautrer à nouveau. Je hausse les épaules et j'enfile mon maillot de bain, Tutu grimpe le long de mon bras jusqu'à son perchoir. Ses griffes, pour la première fois, me font vraiment mal quand elles transpercent ma peau nue, je sursaute, je l'engueule. On prend l'ascenseur pour descendre aux piscines extérieures. Je n'ai jamais vu un tel luxe. J'attrape deux serviettes moelleuses sur le meuble où elles sont disposées en piles parfaites, une pour moi et une pour lui. Il n'y a personne, dans cet hôtel hors de prix, hors saison. Nous sommes seuls. Je mets la serviette de Tutu près du bord de la piscine d'eau de mer chauffée, je lui fabrique comme un nid dans lequel je le dépose délicatement. Allez, reste là, je vais faire quelques longueurs, je dis. J'essaie de bien nager, bien comme il faut, mais c'est comme si je ne savais plus. C'est pas compliqué, pourtant, la brasse. Au bout de cinq longueurs, je fais un faux mouvement, je bois la tasse, je toussote, je me débats dans l'eau avec de grands gestes des jambes et des bras pour me remettre d'aplomb. C'est pathétique, j'en ai bien conscience, alors je sors de la piscine, je ramasse mon chat et mon honneur, et je rentre la tête haute. Je laisse Tutu dans la chambre d'hôtel, sur mon lit de princesse, je descends à la réception, encore en maillot, les cheveux qui coulent à tel point qu'on pourrait me suivre à la trace, pour dire que je ne resterai pas une deuxième nuit, finalement, je vais partir, je voudrais régler la nuit passée et m'en aller au plus vite. On me désigne le portier, on me dit qu'il va venir prendre mon bagage, je réponds que non, merci, pas la peine, je monte à toute vitesse dans la chambre, je me sèche fissa, je fouille mon sac à dos à la recherche d'un tee-shirt propre, j'en dégote un, j'enfouis en boule au fond du sac celui de la veille, plein de sueur et de poussière, je mets mes lunettes de soleil, je tends la main à Tutu comme on a pris l'habitude de le faire, le chaton fonce sur mon bras comme sur une rampe de lancement, bondit sur mon épaule, s'y installe. Je donne un billet au portier en sortant de là, on a le sens de l'honneur ou on ne l'a pas, je marche dans Sousse, direction la gare. J'en ai assez vu, je n'ai trouvé aucune réponse dans cette ville, absolument aucune, ça ne marche pas, cette affaire, ça ne change rien, ce voyage, ce soleil, je suis la même, la même fille avec les mêmes fantômes, Jeanne, Jérôme, Ysé, qui se promènent en rang serré derrière moi. Je suis la même fille qui a vécu le jour blanc et qui ne s'en remet pas. Et partir ne change rien, non, ni pour moi ni pour personne, ça ne change rien. Rien au monde.

7

Mêmes paysages qu'à l'aller : des cactus beaucoup, des étendues désertiques, des gares de province très jolies. J'ai le sentiment que le train va plus vite, peut-être parce que nous sommes en première classe, cette fois. J'ai goûté au luxe avec cet hôtel faramineux et je ne compte pas m'arrêter là. On brûle la chandelle par les deux bouts, Tutu, je lui murmure. De retour à Tunis, je trouve une chambre pour la nuit. Je fourre Tutu dans mon sac à dos que je ne referme pas tout à fait, le temps des formalités d'usage. Je crains qu'ici, comme ce n'est pas le même standing que mon hôtel aux trois piscines de Sousse, on ne me laisse pas dormir avec mon chaton. Le lendemain, je décide d'aller voir Carthage, en souvenir de mes cours de latin. Tant qu'à être dans ce pays, autant visiter. De mes cours, je ne me souviens pas de grand-chose, mais je n'ai jamais oublié cette locution : *Delenda Carthago*. Carthage doit être détruite. Elle s'est immiscée dans mon esprit. Cette injonction. Il faut détruire la ville. J'y repense, inévitablement, sur les cahots de la route où roule à deux à l'heure la camionnette qui sert de taxi partagé. Les autres passagers rient de mon histoire de chat, que je raconte volontiers quand on me demande ce que Tutu fiche sur mon épaule. Ils haussent les leurs, d'épaules, me disent que je suis folle. Que les chats errants, ici, ça se ramasse à la pelle, et d'ailleurs ça ne se ramasse pas, faut vraiment être une abrutie d'Occidentale pour faire ça, ici les chats c'est comme des rats, il ne faut pas les nourrir, c'est de la vermine, ça pullule, on ne les caresse pas, on ne leur donne pas à manger, on ne leur donne pas de toit. Et surtout, on ne leur donne pas de prénom. Ah. Bon.

Le taxi partagé fait une halte à Sidi Bou Saïd, où s'arrête un couple de touristes allemands. Je descends avec eux. Devant les maisons blanches et bleues, devant le soleil immense qui semble manger le ciel, devant la mer turquoise que l'on aperçoit au loin, je me sens bien. La chaleur est écrasante, et monter en haut du village, qui est en pente, m'épuise. Je m'adosse à un mur pour avoir un peu d'ombre. Je plisse les yeux malgré mes lunettes de soleil, tout est si blanc, ici, que la lumière se réverbère partout et rend quasi aveugle. Il doit être quelque chose comme midi. Midi, incontestablement ! Avec le soleil foudroyant de midi, midi au centre de ma vie. Je bois de grandes goulées d'eau à une fontaine publique, j'en profite pour faire boire Tutu, et pour lui passer de l'eau sur le dos. Ses poils deviennent noirs l'espace d'un instant et sèchent dans la seconde. Un type se pointe devant moi, m'explique qu'il s'appelle Hamza, qu'il nous observe depuis un moment, Tutu et moi, sur la place où se trouve la fontaine, qu'il pense qu'on va mourir de chaud si on ne se met pas à l'abri du soleil. Il semble inquiet. Peut-être que j'ai l'air malade ? Il propose qu'on vienne se reposer chez lui. J'hésite, mais l'envie de faire halte et d'échapper au soleil est la plus forte.

Dans la maison de Hamza, il fait une fraîcheur incroyable dès qu'on franchit le seuil. Les volets sont tenus fermés, et, dans la pénombre, je peux distinguer des femmes qui s'activent en silence. Hamza désigne une espèce de canapé aux couleurs chamarrées, me fait signe de m'asseoir là, qu'il va m'apporter un thé. Il dit quelques mots d'arabe aux femmes qui sont là, elles hochent la tête, puis quelques mots d'arabe encore, en désignant Tutu, la plus vieille des trois femmes qui s'activent dans la pièce éclate de rire, s'éclipse un moment, et revient avec un bout de salami qu'elle me tend, en montrant Tutu du doigt. Je la remercie, le chaton se jette dessus et dévore la viande comme un perdu. Hamza m'apporte un thé comme promis. Quelle joie de pouvoir souffler, de me sentir à l'abri, dans cette maison où je ne comprends rien, ni ce qui se dit ni qui est qui. J'enlève mes sandales, et je m'assoupis, couchée sur le flanc, les jambes repliées sous moi.

Quand je me réveille, je m'assois en sursaut, je cherche Tutu des yeux, il n'est nulle part. Hamza a disparu, le verre ciselé dans lequel j'ai bu mon thé à la menthe aussi, ainsi que les femmes. Je suis seule dans cette pièce où la pénombre ne me permet pas de dire si le jour est tombé dehors, si j'ai dormi longtemps ou non. J'attrape mes sandales, manquant de faire valdinguer le chaton qui s'était endormi dans l'une d'elles. Mais qu'est-ce que tu fous, je peste, il miaule, je peste encore, putain j'aurais pu t'écraser, il miaule, nous nous fâchons, mais il consent tout de même à monter sur mon épaule quand je lui tends le bras en rampe de lancement. Allez, on se casse, je dis, après avoir jeté dans la pièce un coup d'œil circulaire pour m'assurer que nos hôtes n'ont pas réapparu. Une fois dehors, je m'aperçois qu'il n'a pas dû s'écouler tant de temps. Le soleil est encore très fort. Les rues sont désertes, c'est la pire heure pour sortir, et les gens restent calfeutrés derrière les volets de bois jusqu'à ce que la chaleur tombe. Je regrette d'être partie si vite, je rentre à nouveau dans la maison, j'arrache la page de garde de mon livre de poche sur laquelle je laisse un mot de remerciement pour

Hamza. Merci, j'écris, merci pour le thé et le salami. Je dessine un chat avec une bulle au-dessus qui dit miaou. Je ressors. Je marche sur les pavés, me gorge de tout ce blanc, bienfaisant celui-là, de ces maisons blanches, des dômes ventrus des mosquées blanches, de la hauteur des cyprès, des palmiers qui ploient en faisant la révérence, des bougainvilliers d'un rose qui pique les yeux et des autres arbres dont je ne connais pas le nom et qui m'émerveillent par leurs couleurs improbables, jaune safran, améthyste, aigue-marine.

Il y a du vert, aussi, dans le champ des couleurs qui m'apparaissent plus fortes qu'ailleurs, parce qu'elles viennent s'inscrire contre tout le blanc de ce village blanc. Le vert des chaises en plastique des vendeurs de rue, assis à hauteur d'enfant, vendant des cacahouètes, des couronnes de jasmin, des jus d'oranges pressées. Les étals du marché me ravissent, je passe devant au ralenti pour bien m'imprégner des parfums. Il y a des moutons en pleine rue, qui me regardent passer, placides, des bandes entières de chats errants, tous plus faméliques les uns que les autres. Je pourrais reposer Tutu là, parmi les siens, il saurait bien se débrouiller, après tout, ou bien la grande loi de la nature s'accomplirait et il finirait sa courte vie ici, à Sidi Bou Saïd, mais je suis incapable d'aller plus loin dans ma pensée, la vision de son petit corps mort, sans sépulture, les poils tout rêches, me retient. L'odeur du marché aux poissons me retourne le cœur.

Sur un coup de tête, j'entre dans un institut de beauté, les femmes qui sont là arrêtent toute conversation en me voyant. Il plane un silence de mort, on n'entend plus que le ventilateur fixé au plafond, qui brasse l'air sans le rafraîchir d'un degré. On se dévisage. Elles sont toutes très belles, les clientes comme les esthéticiennes, maquillées, bien habillées. Je suis dégoulinante de sueur, l'air envoyé par le ventilo a collé d'un coup contre mes seins mon tee-shirt mouillé, les soulignant de manière gênante. Tutu miaule. Les sourcils parfaitement épilés se soulèvent, un seul par visage, en signe d'interrogation. Euh bonjour, je tente, je voudrais savoir si c'était possible d'avoir une manucure. N'importe quoi, ma pauvre fille, me dit aussitôt la voix dans ma tête, tu es en roue libre depuis que tu es en Tunisie, mais là, c'est le pompon ! Toi qui ne mets jamais de vernis à ongles ! Oui, bien sûr, me sourit une femme, asseyez-vous là, on va s'occuper de vous. Est-ce que ça vous dérange si mon chaton se promène dans votre salon ? Il se tiendra bien, j'avance. Un mouvement de la tête me fait comprendre que oui, c'est possible. Je dépose Tutu sur le sol carrelé, où, dans la seconde, il s'amuse à faire, sur ses pattes de demi-portion, des glissades qui l'entraînent à l'autre bout de la boutique. Là-bas, à plusieurs mètres de moi, il semble plus que jamais paumé, petite boule noire et grise de rien du tout. Tutu, je murmure, pour qu'il revienne jusqu'à moi, bien consciente de passer pour une vieille gaga.

Tutuuuu, je marmonne entre mes dents, penchée sur le tabouret en plastique qu'on m'a désigné quand je suis entrée, n'osant pas en bouger pour aller récupérer mon empoté d'animal. Il dresse une oreille, son corps de mauviette pivote. Oui, Tutu, c'est ça, je m'exclame un peu plus fort, mais un peu agacée aussi, serait-il sourd en plus d'être aveugle, par ici, allez, tu peux y arriver mon grand. Il se retourne, avance prudemment vers ma voix, avec ses pattes de nabot. Allez viens mon Tutu, c'est bien, je l'encourage. Une femme passe à côté de lui sans faire attention, pressée, perchée sur des talons aiguilles. Il sursaute au dernier moment, fait un bond qui le dévie de sa trajectoire. Je persiste à l'appeler, en sifflant entre mes dents pour ne pas m'attirer le courroux des employées, Tutuuuu, Tutuuuuu, viens. D'un coup il redresse sa tête qui semble toujours trop lourde pour son corps gringalet et marche droit vers moi. Oui, c'est ça, je m'exclame, faisant tourner quelques visages interloqués vers moi, oui ! Je plie complètement mon corps, à présent, afin que ma main vienne toucher terre, pour présenter mon bras en rampe de lancement selon notre rituel. Allez, plus que quelques mètres mon Tutu, t'es le plus fort, tu sais, le plus beau ! Le chat microbe avance vaillamment, et, au moment où sa patte va enfin toucher ma main, je suis si fière de l'exploit qu'il vient d'accomplir que je crie *mazel tov !*, très fort, avec un enthousiasme maternel qui étouffe un instant le bruit du ventilateur. Toutes les femmes se tournent vers moi. Les sourcils se haussent, deux par visage.

8

Dans les restaurants de Tunis, je me régale de harissa sur du pain, posé là en guise d'apéritif, souvent ça me remplit, et je n'ai plus faim lorsque le couscous arrive. Nous sommes revenus à Tunis, Tutu et moi, passer les quelques jours qui nous séparent de mon vol retour vers la France. J'ai abandonné l'idée de retrouver Jérôme, et je me laisse vivoter, avec ce chaton malingre qui se prend pour un perroquet. Il pleut, sur Tunis. Je me promène dans la médina, j'entends quelques coups de feu au loin. Bizarrement, je n'ai pas peur. Sur le toit-terrasse de la chambre que j'ai louée pour une poignée de nuits, je prends le petit déjeuner avec mon hôte, un jeune homme qui parle un très bon français. Il fume des cigarettes en évoquant la Révolution des printemps arabes, ce que ça a changé dans le pays, dans sa vie. Je ne lui raconte rien. On boit des cafés qu'il rallonge avec du lait de chèvre, et moi, avec de l'eau chaude. Il m'apporte toujours des choses à manger pour Tutu, je les dépose dans l'écuelle qui nous suit depuis Sousse, on a nos habitudes, un vrai couple. J'achète des foutas de toutes les couleurs, j'en achète plein, je fais n'importe quoi avec mon fric, comme pour éponger ma frustration d'être ici sans trop savoir pourquoi, d'errer sans but dans l'existence, d'être, dorénavant, une coquille vide. J'essaie de négocier, au souk, un tapis qui ne rentrerait même pas dans notre appartement. Je me demande si Jérôme était bon négociateur. Si, avec ma mère, ils sont allés au souk. Ce qu'ils y ont acheté. Je marche des heures en croisant des maisons dont les façades en mosaïques de bleus m'émerveillent. Je vais à la plage en prenant un train depuis le centre-ville. En quinze minutes, je suis à La Goulette, une plage populaire où les gens mangent du poisson grillé. Tutu devient comme fou au milieu de ces odeurs-là, il se dresse sur mon épaule, les moustaches vibrant au vent. Je lui trouve toujours des déchets de poisson sur lesquels il se jette. La plage de La Goulette n'est pas très jolie, mais c'est la plus proche de la ville, et la première fois, en sortant du train, j'ai trouvé par terre la carte à jouer d'un roi de cœur, j'ai pris ça pour un signe, alors je reviens là, plusieurs fois. J'ai gardé la carte du roi de cœur. Elle me suit partout, elle me sert de marque-page. On marche des heures, le chat perché et moi, parmi les femmes voilées et les pêcheurs, les enfants guillerets qui jouent en criant plus fort que les mouettes rieuses. Je me baigne parfois, et ressors de la mer maculée de sel de la tête aux pieds. Lorsque je vais nager, je creuse dans le sable un trou dans lequel je pose Tutu, en espérant qu'il n'essaiera pas de sortir. Je fais quelques brasses, puis je l'imagine en train de se faire enlever par un oiseau mauvais, ou viser par des cailloux jetés par des enfants méchants, et je reviens en courant.

Cette maison-là, ça fait plusieurs fois que je passe devant. La végétation a pris toute la place, sort par les fenêtres sous forme de grandes lianes chevelues. La veille de mon départ, je me lance enfin, je pousse le portail qui grince et j'entre. C'est un ancien palais abandonné. Je monte les marches le cœur battant. Je prends plein de photographies, vite, vite, au cas où quelqu'un surgirait. Les plafonds sont arrondis, décrépis, avec la peinture qui fait des stalactites. Des mosaïques magnifiques ornent les murs de ce qui a dû être une salle de réception. Le chaton miaule, et le son de sa voix rebondit contre les murs, y trouve un écho qui m'apaise. Je ne regrette pas d'avoir vu ça, d'être venue jusque-là et d'avoir vu ça. Ici, je prends ma décision. C'est sûr que ça ne sera pas facile, que ça va me demander du courage et des ruses dont je n'ai pas idée. Je suis venue à Sousse chercher Jérôme, mon fantôme. Je n'ai rien découvert mais je l'ai trouvé lui, le rase-mottes aveugle. Il m'a donné le courage de rester malgré le piétinement de mes recherches. Il me fait rire, il m'émeut.

Et puis il est inapte, tout seul, aveugle et à moitié sourd, pataud comme un éléphant. Oui, c'est décidé. Demain, je ramène Tutu en France.

L'avion est en retard. J'attends très longtemps, sur le tarmac, tandis que des agents le nettoient de fond en comble. Je prie pour que Tutu ne pisse pas dans mon sac à dos. Finalement, ça a été beaucoup plus simple que tout ce que j'avais envisagé pendant ma dernière nuit tunisienne, où je n'avais que très peu dormi, angoissée par ce que je m'apprêtais à faire. L'exfiltration de Tutu s'est déroulée sans heurt. Arrivée à l'aéroport, je n'avais pas de bagage à enregistrer, seulement mon sac à dos, j'ai donc pris le temps de traîner dans les boutiques, de m'acheter un casse-croûte pour le vol, une bouteille d'eau. À quelques pas de la douane, j'ai saisi le chaton sur mon épaule, je l'ai collé dans mon soutien-gorge, j'ai enfilé un gros pull et mis un foulard autour de mon cou. Ça me faisait une poitrine un peu bizarre, cette boule sur le sein gauche, mais enfin. J'ai passé la douane comme ça, très facilement. J'ai fait de grands sourires au type qui examinait mon passeport derrière sa vitre de plexiglas. Il n'a rien dit. J'ai continué, le cœur battant à tout rompre, vers le contrôle de sécurité. Une fois que j'aurai passé ça, tout ira bien, je me répétais comme un mantra. Une queue monumentale serpentait entre deux cordons. Quand est venu mon tour, j'ai pris un bac de plastique blanc à côté du tapis roulant, j'y ai mis toutes mes affaires susceptibles de sonner au portillon, les clés, les pièces de monnaie, mon téléphone, j'ai enlevé mes chaussures et j'ai laissé tout ça passer aux rayons X. Puis est venu le moment où un grand type m'a fait signe de passer sous le portique. En chaussettes, suant à grosses gouttes sous mon gros pull, le cœur battant la chamade, priant Dieu sait quel dieu pour ne pas me faire pincer, je suis passée. L'appareil a sonné. Et voilà, j'ai pensé, c'est foutu. Ils ont su. Ils ont vu. J'ai senti Tutu qui commençait à s'agiter contre mon sein. Le grand gaillard m'a fait signe d'aller voir sa collègue femme pour qu'elle me fouille. Elle m'a fait écarter les bras, elle a palpé mes biceps, j'ai vu Tutu qui bougeait sous mon pull, et qui commençait à miauler. Il devait étouffer, là-dedans. Je me suis mise à parler très fort à l'agent qui me tripotait, en racontant n'importe quoi, ce qui me passait par la tête, je parlais avec une drôle de voix, une grosse voix hachurée, je lui ai dit ah oui je sonne souvent à cause d'une opération quand j'étais petite où un chirurgien a laissé un bout métallique dans ma hanche, j'ai dit tout ça en lui hurlant dans les oreilles, elle m'a regardée bizarrement, m'a fait signe de me retourner, a palpé mes cuisses, puis m'a fait c'est bon vous pouvez y aller. Tutu me labourait le sein avec ses griffes tandis que je courais dans le couloir au milieu des néons criards des boutiques de luxe du duty-free. Je me suis effondrée sur un siège en plastique face aux avions qui décollaient, j'ai enlevé précipitamment mon gros pull, j'ai plongé la main dans mon décolleté, j'en ai extrait Tutu qui miaulait à qui mieux mieux, je l'ai posé sur mon épaule. On est allés aux toilettes, je nous ai vus dans le miroir, n'importe quoi, ce binôme. Pas un pour rattraper l'autre, j'ai lancé à son reflet. Je l'ai prévenu que j'allais devoir l'enfermer à nouveau, le temps qu'on monte dans l'avion, qu'il faudrait encore passer le barrage des hôtesses. J'ai jeté un œil dans mon soutien-gorge, c'est qu'il m'a lacéré le sein, le petit bâtard, j'ai une coulée rouge sur ma chair blanche.

Si c'est comme ça, tu iras dans mon sac à dos la prochaine fois, j'ai menacé, et j'ai joint le geste à la parole puisqu'on nous appelait déjà dans les haut-parleurs, le vol en direction de Paris-Charles-de-Gaulle.

9

La première fois que je l'ai vu, j'ai cligné des yeux trois fois, sans y croire. J'ai suivi du regard sa silhouette qui s'éloignait déjà. J'aurais voulu lui courir après, l'attraper par la manche, lui parler, entendre le son de sa voix, mais je ne pouvais pas. Tutu était en train de faire ses besoins entre deux tombes.

On était descendus au cimetière, comme on le fait deux fois par jour. Par nos fenêtres, on peut apercevoir le cimetière du Montparnasse, qui est à dix minutes à pied de notre appartement. Tutu a gardé un petit corps, même s'il s'est alourdi au fil des jours, en grandissant. Il aime toujours s'asseoir sur mon épaule gauche. On descend comme ça, on boude l'ascenseur et on dévale les cinq étages, on fait les dix minutes de marche le menton fier. Enfin moi, en tout cas, le menton fier. Tous les enfants du quartier nous connaissent, maintenant, je suis «la fille avec le chat» pour plusieurs patrons de bistrots, car il arrive que nous allions boire un café au comptoir, en rentrant de nos promenades. On me connaît, on connaît Tutu, on nous connaît tous les deux, on nous sourit, on nous aime. Souvent, on veut le caresser, en savoir plus sur cette histoire de chat qui se tient sur mon épaule, on me traite de sorcière en riant, ça me fait rire aussi.

Dès que nous sommes rentrés du voyage en Tunisie, il a fallu trouver des solutions. Elle n'aime pas les chats, et même si elle m'aime moi, elle ne veut pas vivre avec un animal. Très bien, j'ai annoncé, je vais lui trouver une famille d'accueil. Mais comme il est aveugle, tu sais, ça peut prendre un peu de temps, les gens n'aiment pas les animaux handicapés, et moi, en attendant, je ne veux pas l'abandonner. Je n'ai pas fait tout ce chemin avec lui pour le laisser dans les égouts de Paris. Elle a dit d'accord. Mais elle a dit aussi qu'elle ne voulait pas qu'il fasse ses besoins dans l'appartement. J'ai promis de l'emmener dehors, alors, deux fois par jour s'il le faut. Où ça, elle a questionné, tu ne vas pas le mettre dans le caniveau, c'est pas un labrador ton truc, hein. Je sais, j'ai soupiré, écoute, j'irai au cimetière. Au cimetière ? Elle a sursauté. C'est un mot interdit entre nous maintenant. T'es pas bien ! Haussement d'épaules, ses adorables épaules, soupir consterné, après tout tu fais comme tu veux. J'ai dit marché conclu et que j'achèterais tout de même une litière pour l'appartement, même si j'étais persuadée de parvenir à le dresser. Tu ne trouves pas ça fascinant, toi, qu'un si petit sujet puisse pisser sur commande, qu'on puisse contraindre le vivant, dompter l'animal, j'ai hasardé, mais elle ne m'écoutait déjà plus. Alors voilà, le cimetière du Montparnasse pour litière géante, Tutu et moi, les promenades entre les tombes. Celle de Marguerite Duras, bonjour bonsoir en passant devant. L'amusement en y voyant une bouteille de champagne abandonnée une fois, en fin d'après-midi, l'agacement devant des Japonaises qui s'y photographient la bouche en cul de poule, l'attendrissement, chaque jour, à la vue des centaines de stylos que les gens y laissent, en hommage ou comme signe de leur passage.

Surtout, j'ai fini par y trouver la tombe de Jérôme. Oui. Émile m'avait confié qu'il était enterré là, lui aussi, le jour où il m'avait donné la photo. J'avais noté son nom de famille dans un coin de ma tête. En rentrant de mon voyage, je n'avais finalement pas tout à fait arrêté mon enquête. J'avais fini par en apprendre plus sur mon fantôme entêtant. J'avais appris qu'il était comédien, qu'il était talentueux, qu'il était homosexuel et que ça l'avait tué. Qu'il était mort chez Émile, dans les bras d'Émile. Avec l'amour d'Émile, dans l'amour d'Émile. D'Émile qui ne s'en était probablement jamais remis. Émile qui ne supportait pas d'être vivant, lui, le rescapé, d'avoir vu tous ses amis mourir et d'être encore là, debout et vieux, la mémoire vive de tous ces garçons fauchés par la maladie dans le silence le plus complet. J'ai fouillé partout, dans les bibliothèques, sur Internet. J'ai lu des centaines de textes sur ces années-là. Je me suis figuré mon Jérôme au milieu de tout ça. J'ai évité de trop penser à ma mère, à la colère qu'elle avait dû ressentir, au chagrin qu'elle avait dû avoir. J'ai écouté des tas de témoignages, des archives radiophoniques. Tout le mois de février, je me suis promenée dans Paris, j'ai essayé d'entrer dans les lieux iconiques des années quatre-vingt dont j'avais relevé les adresses dans les articles d'époque, dans les bars et les lieux de fête qui faisaient ce monde interlope. J'ai essuyé des refus, j'ai trouvé des portes fermées. Un peu partout, une sorte de mélancolie poisseuse. Curieusement, un paradis perdu. J'ai insisté. J'ai parlé avec des tenanciers de cabarets, des vieux loups de mer qui traînaient là. Je suis tombée sur des photos des boîtes de nuit mythiques, sur des photos de garçons amoureux, amis, amants, à l'époque tout se mélangeait, des photos de garçons libres et beaux que je contemplais des heures, les yeux sur leur jeunesse, les doigts caressant leurs joues encore pleines sur les papiers glacés en noir et blanc. J'ai reconstitué des liens, des couples célèbres, retrouvé quel garçon était amoureux de qui, avait trompé qui avec qui. J'écrivais tout nerveusement dans un carnet beige intitulé *Jérôme*, mon carnet d'enquête, mon carnet de vide. J'ai passé des nuits avec les voix et les textes de Bernard-Marie Koltès, d'Yves Saint Laurent, de Michel Foucault, de bien d'autres encore, des nuits blanches à retracer leurs trajectoires, leurs amours, leurs désirs, leurs ambitions. Les voyages qu'ils avaient faits, les années et même les mois précis où la maladie les avait frappés. Ce n'était plus un fantôme que j'avais, c'était une cargaison. Ma bande de pédés parisiens. Je me voyais marcher dans les rues, entourée de ces spectres joyeux lurons, de ces gais gaillards, Jérôme en tête de cortège, à mes côtés, ses copains derrière nous.

De tous, Jérôme avait quelque chose. Il s'incarnait dans chacun de ces garçons, me donnait à le voir, lui, en les regardant, eux. Je le traquais partout, dans les moindres recoins de la littérature homosexuelle, dans les photos d'époque. À défaut de le croiser, je passais des nuits entières à mon bureau, seule et fébrile, à scruter les livres que je prenais à la bibliothèque, à remuer Internet, Tutu dormant à mes côtés, sur ma table de travail. Je découvrais un cercle, une famille un peu incestueuse. Beaucoup de drôlerie, malgré les danses de la mort qui rôdait déjà, des vies de travestissements, de costumes, des vies où les identités étaient floues, où on changeait de prénom la nuit, où on changeait de prénom tout court. J'ai écouté des voix, les voix des garçons morts, j'ai imaginé mille fois celle de Jérôme. J'ai écouté les garçons morts parler des Tuileries, des corps qui se frôlent dans les bosquets, entre chien et loup ou au petit matin, des habitués qui se reconnaissent, des inconnus qui se rencontrent, des nuits de sexe à n'en plus finir, de sexe réjoui et parfois, aussi, de sexe glauque. Je me suis endormie mille fois avec des images de parades amoureuses, d'amitiés masculines, de joies viriles si loin des miennes, j'ai rêvé mille fois de ces garçons beaux comme des dieux grecs, de ces garçons qui aimaient vivre et qui sont morts, qui sont morts parce qu'ils aimaient vivre. J'ai fini par trouver quelques photos de Jérôme. Sur l'une d'elles, il est sur scène.

C'est une vieille revue poussiéreuse dénichée à la bibliothèque, la même bibliothèque que celle où j'avais trouvé la carte de Tunisie, une vieille revue théâtrale des années quatre-vingt qui date d'avant ma naissance. Une revue apé, comme dirait l'autre. Il s'agit d'un numéro entier consacré à une pièce qu'a écrite et jouée Jérôme, dont la première fut donnée dans un musée parisien. Il montait des pièces dans des musées, dans des piscines. Il était prometteur. Un futur très grand du théâtre. J'apprends tout ça. Je le note dans mon carnet à la couverture beige. Il signe aussi la mise en scène. Ils sont deux hommes et deux femmes, à la distribution, lui et trois autres comparses. C'est pile deux ans avant ma naissance. La revue donne une longue interview de Jérôme, évoquant sa méthode de travail, ses thèmes de prédilection. Il dit avoir des préoccupations et des obsessions ayant trait à l'enfance. Je ne suis pas étonnée. On lui demande comment il a trouvé le thème si original de cette nouvelle création, il répond que c'est en farfouillant dans un numéro de la *Nouvelle revue de psychanalyse*. Là encore, je ne suis pas étonnée. Tout cela me ressemble, tout cela nous ressemble. Il explique ensuite longuement sa méthode d'écriture. En parlant de certains de ses personnages, il dit j'en ai fait des êtres divins, abstraits, absents. J'ai l'impression qu'il évoque mes fantômes. Jeanne, absente. Jérôme, abstrait. Ysé, divine. Quelque chose comme ça. Je rêvasse. Jeanne, morte à trente-deux ans. Jérôme, mort à trente ans. Et Ysé ? Et moi ? Moi qui ai fêté mes trente ans en pensant donner la vie puis qui ai cru mourir le jour blanc. Je poursuis ma lecture et je tombe, glissé entre les pages, sur un bon d'abonnement à la revue : Abonnez-vous et économisez 112 francs. Je souhaite m'abonner pour un an (20 numéros) au prix de 448 francs au lieu de 560 francs (prix au numéro). Quelqu'un a coché la case, à côté de je souhaite m'abonner.

Plus loin, il y a des photographies de la pièce. On voit Jérôme dans son personnage, portant différents costumes. Il incarne un enfant qui deviendra roi de France, un dauphin. Le dauphin de la place Dauphine, comme dit la chanson, et la place Blanche a mauvaise mine, je ne peux m'empêcher de compléter en chantonnant. Sur le papier jauni, il est costumé en futur roi, il porte une espèce de longue robe blanche, on ne voit pas très bien, encore une fois sur ces photos en noir et blanc. La robe a une collerette comme celle de Pierrot. Sur les clichés, pris pourtant lors de différentes scènes, il regarde fixement au loin, certainement dans le public, hors-champ, hors-cadre, comme s'il cherchait à s'échapper. Ces regards contrastent tellement avec la seule photo de lui que j'avais jusqu'à présent, la photo avec ma mère en surimpression, que j'en suis troublée. Sur la photocopie que j'en ai, dans l'enveloppe kraft que j'ai gardée, il regarde frontalement l'objectif. On peut voir ses yeux, et même derrière ses yeux. Sur les pages de cette revue, il semble ailleurs. Était-il déjà malade ? Se savait-il condamné ? Il a l'âge que j'ai aujourd'hui, pile le même âge. Un jumeau. Que pouvait-il penser ? Que peut-on penser quand, si jeune, on sait qu'on va mourir, alors même qu'on a de grands projets ? Aucun mot ne sera assez juste pour dire ce qu'ils ressentaient tous, ma bande de garçons de l'ombre, ce qu'il ressentait lui, Jérôme mon fantôme, à ce moment-là. La fierté, sans doute, de voir un tel projet aboutir, une pièce de lui, écrite, mise en scène et jouée par lui, dans un musée parisien, et puis le numéro entier d'une revue théâtrale consacré à son travail, une forme, probablement, de consécration. Il faudrait que j'interroge Émile, que je retourne voir Solange, que je questionne ma mère. Je les imagine baisser les yeux, soupirer, tapoter la table ou croiser leurs mains d'un air gêné, essayer de se souvenir de leur ami, de leur amant, de ce qu'il disait, de ce qu'il leur racontait de ses sentiments, de ses sensations aussi, puisque la maladie attaque le corps autant que le cœur. J'imagine soulever peut-être, à nouveau, la culpabilité d'Émile, celle de faire partie de ceux qui ne sont pas morts. Le sida est comme la peste, on le transmet si facilement, on l'attrape et on le file à son voisin. À cette époque-là, les garçons mouraient sans un bruit, dans un silence étouffant.

J'ai refermé la revue, et, avant de partir, j'ai photocopié les pages que je n'avais pas lues. J'ai plié en deux celles qui sortaient de la machine et les ai fourrées dans mon sac à dos. J'ai observé une dernière fois la couverture, avec Jérôme en grand et son nom en petit, puis je l'ai remise à la bibliothécaire qui était allée me la chercher dans un fonds d'archive. Je suis sortie de là, j'ai pris une bonne bouffée d'air. Jérôme, d'accord, j'ai dit dans ma tête, je n'irai pas plus loin, je vais lire ces photocopies, et après, il faudra qu'on cohabite, toi et moi, pendant tout le temps qu'il me restera à vivre. Tu fais partie de moi. Tu es là, tu es avec Jeanne, tu es avec Ysé. Ma mère, mes parents ont voulu continuer ta présence dans la mienne, ils ont voulu faire vivre l'absent dans la petite présente, ils ont donné le roi à l'enfant juste née. Ils m'ont laissée me dépatouiller avec ça, je suis allée en Tunisie, j'ai traîné dans le Paris des années sida, j'ai rencontré des gens et échangé des idées pour savoir qui tu étais, j'ai essayé de t'apprivoiser, de t'approcher par l'écriture, d'esquisser tes contours pour dessiner les miens. Je tangue un peu, en marchant dans la rue, je porte sur les épaules une tristesse étrange. Tous ces jours à penser qu'il allait arriver quelque chose, que j'allais trouver quelque chose, me sortir du souvenir du jour blanc et, d'un coup, le vide. Rien. Dans le métro, j'ouvre mon livre du moment. La carte à jouer du roi de cœur, trouvée en allant à la plage, là-bas, à La Goulette, tombe sur le sol. Mon marque-page tunisien. Je souris. Le roi c'est lui, c'est Jérôme, tel qu'il l'incarnait sur scène et dans ses écrits. Un roi, mais oui évidemment, le roi de cœur.

10

La première fois que je l'ai vu, donc, j'ai cligné des yeux trois fois, sans y croire. Mais voilà, c'est la vérité, un jour comme un autre où je sortais Tutu, où nous flânions entre les tombes, en évitant soigneusement le carré du cimetière où je ne pourrai plus jamais aller, je l'ai vu. C'était lui. Jérôme. Mon fantôme. Mon double. Je jure que c'était lui. Même regard frondeur et brun, mêmes boucles, même carrure. Je l'ai reconnu. J'ai suivi des yeux sa silhouette qui s'est éloignée prestement. Il marchait vite, il avait l'air de savoir où il allait, il avançait d'un pas décidé, sans se préoccuper de rien. Jérôme est quelqu'un qui sait où il va, j'ai pensé. J'ai failli l'appeler, hé, Jérôme, mais je n'ai pas osé, je n'ai pas eu le temps, je n'en croyais pas mes yeux et ma voix est restée bloquée dans ma poitrine. J'ai soupiré, ramassé Tutu, et nous sommes rentrés à la maison, où je me suis roulée en boule dans mon lit, honteuse de ce que j'étais en train de devenir : une fille obsédée par du vent.

Et pourtant. Pourtant, quelques jours plus tard, alors que je faisais mon tour quotidien avec Tutu sur les talons, je l'ai vu à nouveau. C'est la vérité. À nouveau, il a contourné les tombes, un casque à musique sur les oreilles, le corps souple, les bras ballants. Il est passé près de nous, près de la tombe de Jérôme qui était devenue, avec le temps, le point d'arrivée de nos promenades quotidiennes. Jérôme contournant Jérôme. Ni une ni deux, cette fois, j'ai réagi. J'ai ramassé Tutu d'un geste sec, l'ai posé sur mon épaule, j'ai réajusté mon écharpe et je me suis lancée à sa poursuite. Il zigzaguait entre les sépultures, l'air de penser à autre chose. Je me demandais quelle musique il écoutait. Il marchait trop vite pour moi. Je courais presque dans son sillage, contournant les mêmes tombes, essayant malgré tout de ne pas me faire voir. Il n'avait pas l'air de se préoccuper de ma présence. Il a emprunté la grande allée, comme je l'appelle dans ma tête, qui porte en réalité le nom d'avenue Principale, puis l'allée Lenoir, depuis laquelle il a bifurqué dans l'avenue de l'Est. Je voyais les tombes défiler à toute vitesse derrière la queue de Tutu qui me barrait la vue, je marchais beaucoup plus vite que mon rythme normal, dans l'espoir que l'inconnu ressemblant à Jérôme ne me sème pas dans le cimetière. C'était devenu vital, pour moi, de le suivre, de savoir où il allait de ce pas résolu. Essayer de comprendre comment c'était possible qu'un homme en chair et en os ressemblant trait pour trait au fantôme sur lequel j'enquêtais depuis des mois passe littéralement par-dessus sa tombe. J'ai eu le temps, en longeant la fontaine qui fait l'angle entre l'avenue de l'Est et l'avenue du Boulevard, de lire que, par temps de gel, toutes les fontaines du cimetière sont fermées. Et puis il est sorti, de l'autre côté du cimetière. J'ai alors compris que mon inconnu passait par ici comme par un raccourci, pas pour visiter un défunt. J'étais un peu sidérée par l'idée qu'on passe par le cimetière sans venir voir quelqu'un, avant de me souvenir que j'y venais tous les jours pour faire pisser mon chat.

Je cours derrière lui, sur le trottoir opposé, j'essaie de garder le rythme de ses grandes enjambées. Je n'ai jamais vu la ville, ma ville, défiler aussi vite sous mes yeux. Les couleurs se brouillent, les sons se mélangent. Les klaxons des voitures, les cris des enfants, les conversations téléphoniques, le gros bruit des bus, le frôlement du vent contre mes oreilles. Le Franprix orangé, un marchand des quatre-saisons, un autre primeur, une ruelle dans laquelle il tourne avec des boutiques de téléphones portables à prix cassés, une échoppe pour faire réparer son matériel informatique, une pâtisserie qui fait aussi chocolaterie, faussement chic, au papier peint violet et laid, un kiosque à journaux, au milieu du trottoir, que j'évite au dernier moment, un cordonnier, un traiteur asiatique, un coiffeur avec les coupes masculines à huit euros et une papeterie pour les professionnels, on tourne à gauche, je trottine de plus belle, un Chinois qui fait des sushis, deux boutiques côte à côte de massages thaïlandais avec les vitrines agrémentées de photos et de guirlandes colorées qui donnent au tout un air très louche, un pressing vraiment pas cher, deux euros le repassage de la chemise, un bijoutier qui offre l'alliance de madame pour l'achat de l'alliance de monsieur, c'est écrit en lettres d'or et j'ai le temps de déchiffrer ça, je continue à suivre le Jérôme du cimetière, il avance tranquillement alors que moi, j'ai un point de côté, il tourne à droite, une ruelle pavée que je ne connaissais pas, il n'y a plus de trottoir alors je marche juste derrière lui, mes pas font top top top dans le silence de la ruelle, je me félicite de porter des baskets, lui marche sans un bruit, il semble flotter dans l'air, un vrai fantôme, il tourne à gauche en contournant un marronnier, Tutu plante de plus en plus fort ses griffes dans mon épaule, pour se maintenir, j'imagine, bah oui, agrippe-toi mon grand, je lui dis, parce que je ne vais pas le laisser filer, on tourne encore une fois à gauche, puis encore une fois, on a changé de quartier à force mais je ne m'en aperçois pas tout de suite, j'ai la tête qui bourdonne, j'ai traversé un quart de la ville sans m'en rendre compte, les devantures des boutiques m'indiquent qu'on est maintenant dans un quartier bien plus chic que le mien. D'un coup, il pile. Il s'arrête devant une porte cochère noire. Je m'arrête aussi, fais mine de contempler l'architecture de l'immeuble d'à côté. Je prie pour qu'il ne se tourne pas dans ma direction, une fille rouge de sueur, les cheveux fous, avec son chat sur l'épaule, en plein Paris. Mais il se fiche de ma présence, il s'adosse contre le mur, continue à écouter sa musique, consulte son téléphone portable, tapote sur le clavier. Il doit envoyer des messages. J'ai envie de l'aborder, de lui demander ce qu'il fait dans la vie, pourquoi il traverse le cimetière du Montparnasse plusieurs fois par semaine, où il habite, ce qu'il écoute dans son casque pour marcher d'un pas aussi sûr. Comment il s'appelle.

Une fille arrive près de nous. Il lui sourit, enlève son casque, hello, il dit. Sa voix me surprend, je ne m'étais pas représenté ça, une voix grave, très basse, très forte aussi. La fille sourit. Salut, Maxence. Maxence ? Maxence ! Ils se mettent à bavarder. Une autre fille arrive. Puis une autre. Elles se font la bise devant la porte cochère, elles sourient à Jérôme. Une autre encore. Il les salue toutes, prononce parfois leur prénom. Bonjour Elsa. Ça va, Marion ? Il regarde sa montre, semble surveiller l'heure. Je ne sais pas trop quoi faire. Que dois-je faire, ah ça, mon bon vieux Kant. Je suis dissimulée par le pan de mur de la porte cochère de l'immeuble voisin, mais on va finir par me voir. En même temps, je ne veux pas partir, ma curiosité est piquée au vif. Pourquoi mon Jérôme se retrouve entouré de filles ? Pourquoi elles lui sourient comme ça ? Elles sont toutes avec des chignons bien tirés, pas maquillées, ou très peu. J'observe la scène, derrière mon bout de mur.

Il regarde une fois encore sa montre, tape un code sur le digicode, la porte cochère bipe, il la pousse et s'engouffre, suivi de toutes les filles, je panique, je n'ai qu'une seconde pour réfléchir, je décide de les suivre, je me faufile dans le troupeau, personne ne fait attention à moi. On traverse une cour parisienne avec des pavés et des plantes, il pousse une seconde porte, berger suivi de ses bergères, il fait des mouvements de tête qui font bouger ses boucles brunes, il est si beau que c'est presque gênant, il ouvre une porte et une volée d'enfants en tenue de danse sortent en piaillant, suivis d'une femme plus âgée, salut Maxence, elle dit, salut Sylvie, il répond, ça va aujourd'hui, oui, oui, elle hoche la tête, elles sont super, ces gamines, j'adore les faire travailler, bon, j'y vais, je te laisse la salle, elle termine en mettant sa veste. Allez les filles, il crie, on se retrouve dans cinq minutes, pas plus !

Les filles de la rue filent vers une porte à droite, je les suis machinalement. C'est un vestiaire de quelques mètres carrés, un réduit dans lequel elles se déshabillent en parlant de tout et de rien. J'accroche mon sac à dos à une patère par la poignée, je le laisse ouvert, j'enlève mon pull d'hiver et je le roule en boule au fond du sac, j'y glisse Tutu en lui murmurant que tout va bien aller, je demande à une des filles à quelle heure se termine le cours, déjà, elle me dévisage étonnée, il se termine à dix-neuf heures, comme tous les mercredis, je regarde l'heure, je calcule que ça devrait aller, de laisser le chat une heure dans mon sac à dos, sur mon pull qui fait comme un coussin, qu'il va probablement s'endormir après cette marche à grandes enjambées, lui sur mon épaule, avec ses moustaches vibrionnant dans le grand vent. Je jette des coups d'œil sur les côtés pour voir comment sont habillées les autres, elles ressemblent aux enfants qu'on a vus sortir du cours précédent, elles ont des collants de danse, des justaucorps parfois, mais c'est plus rare, de simples tee-shirts. Je porte un pantalon souple qui fait un peu jogging, et, sous mon pull, j'avais, le matin, enfilé le tee-shirt d'un groupe de *heavy metal*, ça ne fait pas danseuse pour un sou. J'ignore ce que c'est que ce cours, si je peux y aller en débutante, si on peut arriver en cours d'année, comme ça. Mais mon fantôme est magnétique. Je ne ferai pas machine arrière. J'ai trouvé Jérôme, mon Jérôme, peu m'importe s'il s'appelle autrement, s'il fait un autre métier. C'est la vérité, je sais que c'est lui. Alors je vais lui expliquer que je veux participer à son cours. Je noue mes cheveux en un vague chignon piteux, j'essuie mon visage avec un bout de mon tee-shirt de gothique, pour arrêter de briller, je lance une dernière recommandation à Tutu qui dort déjà comme un sac au fond du mien et je suis les filles dans la salle au parquet usé. Là, j'explique ma présence à Maxence qui fait des mouvements de jambes devant l'immense glace, dans une tenue de danseur qui moule toutes les parties de son corps, je lui donne mon prénom, il me répond à la va-vite en me regardant dans le miroir, par le biais du miroir, il dit que pas de problème pour commencer les cours aujourd'hui, il faudra que je lui apporte, la prochaine fois, si ça me plaît et que je reviens et c'est pas gagné, un certificat d'aptitude fait par un médecin et un chèque dont il m'indique le montant, il précise que le premier cours est gratuit et que j'ai intérêt à m'accrocher parce qu'on est quand même au milieu de l'année, déjà.

11

Bon, bien, il y a des nouvelles ? Ses yeux se posent sur moi. Ah, oui. Tu t'appelles comment déjà ? Pauline ? Bon alors, regarde-moi bien, Pauline, c'est simple, la grammaire de la barre au sol, ça fait plié tendu plié tendu, deux fois, flex pointe flex pointe, deux fois, dans trois positions : assise, allongée sur le dos, allongée sur le ventre. Il me regarde encore. Je viendrai voir tes mouvements, pour t'accompagner, au début. Et surtout, surtout, les habituées, transgressez ! Vous êtes à même, aujourd'hui, je reconnais certains visages, vous êtes à même d'aller toujouuuurs chercher pluuuus loiiiiin. L'intention ! Le regard ! L'influx nerveux ! Je veux voir tout ça. Il met en route la musique, un piano par-dessus lequel il crie, avec sa voix si grave. Plié ! Tendu ! Plié ! Tendu ! Flex ! Pointe ! Flex ! Pointe ! Je suis perdue, j'essaie de suivre les filles qui ont l'air de s'y connaître, de copier leurs mouvements en les observant dans le miroir qui nous fait face et me renvoie mon air abruti. Mon corps me semble d'une raideur sévère. Je vois les bustes des autres qui s'étirent dès qu'elles pointent leurs pieds, leurs ports de bras, leurs ports de tête. Je me sens petite et ankylosée. Flex ! Pointe ! Eeeet flex ! Pointe !

Sur le dos ! il crie. Et tous les corps s'allongent dans un même mouvement. Les filles se couchent, les bras au sol, les paumes des mains tournées vers le plafond. Rétroversion du bassin, il dit, mais qu'est-ce que ça peut bien signifier, je n'en sais rien, plié, tendu, c'est la même chorégraphie, hein, rien de compliqué, flex, pointe, il braille par-dessus le piano implacable qui donne la mesure des mouvements. Il s'approche de moi, prend mes pieds, m'appuie en même temps sur les fesses, engagez le fessier, il crie, à l'intention de toute la salle, on serre le popo, il hurle, j'ai mal comme j'ai rarement eu mal, il ne lâche pas mes pieds, il leur fait faire des mouvements qu'ils n'ont probablement jamais faits en continuant à lancer des ordres et on flexe, et on pointe, quand vous pliez ça relâche la chaîne du dos donc tirez bien la nuque au moment où vous pliez, encore, plié ! Tendu ! Plié ! Tendu ! Et flex ! Pointe ! Flex ! Allez les fessiers, là, et pointe, et flex, et pointe, et flex. Et toi, tu t'appelles comment ? Mélanie, dit une fille. Allez, Mélanie, tends les jambes en gardant les fesses en l'air, et plié, tendu ! Votre intention, j'en ai parlé au dernier cours, je m'en souviens parce que j'étais là, c'est d'engager le fessier par les hanches. Allez, jambes en l'air, on est en flex ici, Laetitia, ah voilà, tu améliores tes flex, les genoux ne doivent pas revenir vers le miroir, Gabrielle vas-y tends, vas-y plie, et tu tends, et tu plies, et un jour, peut-être, tu pourras embrasser ton tibia. Tu vois le projet ?

Nous avons ensuite les abdominaux ! Un soupir géant s'échappe des bouches des filles. Mais on n'a le temps de rien, le piano sautille déjà, petit cabri méchant et opiniâtre. Et un, et deux, ouvert, fermé, descends les hanches, décolle les omoplates, viens t'asseoir, et un, deux, trois, quatre, cinq, six, on descend vertèbre par vertèbre, ouvert, fermé, ouvert, fermé. On vient s'asseoir, on s'allonge, les bras ouverts en seconde, on s'assoit, on reste ! On s'allonge. On s'assoit, on reste ! Allez, on regarde le plafond avec ses seins, le buste, Elsa ! On s'assoit, on reste ! On s'allonge. On s'assoit, on reste ! On s'allonge. Exercice suivant. C'est bon, tout le monde a calé minou ? Le sexe dans le sol !

Dans le sol ! Vous devez avoir mal ! il hurle. Cinquième, première, cinquième, première, cinquième, première, il se met à chanter, par-dessus le piano, allez hop, cinquième, première, allez, allez, et hop ! Les talons, il faut les presser l'un contre l'autre, presssssez vos talons, bordel. Bon, on y va pour le deuxième exercice. Même grammaire que pour le premier, Pauline, il s'adresse à moi. Tu vas voir, plié, tendu, plié, tendu. Allez, les mains sur les épaules. Plié ! Tendu ! C'est cette sensation de l'en-dehors que je veux que vous sentiez, c'est ça, l'esprit de la danse classique. Le piano emplit la salle, c'est beau, je ne pense plus à Jérôme, à Tutu que j'ai laissé là-bas dans le vestiaire, je ne pense plus à rien, je me laisse porter par la musique et par sa voix qui passe au-dessus. Plié ! Tendu ! Plié ! Tendu ! Flex ! Pointe ! Flex !

On a tous des jambes et des fesses, hein, pourtant il n'y a que deux filles qui font le bon exercice par ici, allez on pouuuuusse, oui Elsa, c'est ça, en tout cas, c'est ça que je vends, vous me direz qu'on n'est pas obligé d'acheter, mais moi, c'est ça que je vends. Allez, crapette ! Voilà ! Et quand vous êtes ici, là, vous amenez le bassin entre les talons, tu avances, tu recules, tu voyages avec ton bassin et tu ne restes pas plantée dans cette position. Ah oui, ça fait mal, oui, il répond aux grimaces des filles dans le miroir. Jamais, ja-mais, jamais, jamais faire de statique lorsque vous faites de la souplesse ! Très mauvais ! Pour le grand écart, il y a des filles qui collent leurs jambes contre un mur et qui attendent que le bon Dieu leur écarte les pattes, non mais on n'a jamais vu ça, il s'écrie, le visage transformé, presque hagard. Allez, ça suffit, relâchez.

Bon, les fondus. Qui ne connaît pas les fondus ? Je lève la main timidement, et par chance, une autre fille aussi.

Deux seulement, résume mon faux Jérôme. Bien. Alors sur le dos, il lance à une fille qui a l'air de faire partie des plus avancées. Il s'adresse à moi et à l'autre nouvelle, et il dit regardez, levez-vous si vous ne voyez pas mais regardez ! Il faut toujours regarder avant de faire quoi que ce soit. On apprend tout par le regard. Il n'y a que la vue qui nous apprend la vie. Il pose son pied sur le corps de la fille qui fait la démonstration. On dirait un chasseur triomphant du lion qu'il vient d'abattre. Tends les jambes ! Fais-moi un simple plié. Voilà, pas plus que ça. D'accord ? L'astuce, pour la coordination, c'est de partir du principe que vous faites un plié. Un danseur est un bon tricheur, en général. C'est bon les nouvelles, ça va ? On va faire deux groupes. Je coupe la salle en deux. Le piano se met en marche, impitoyable. Fondu ! Eeeet battement.

Tout tourne autour de moi. La séance m'a lessivée, mon tee-shirt de rock star est trempé, mon chignon défait. Mon reflet dans le miroir me fixe exaspéré, l'air de dire mais qu'est-ce qui t'a pris de venir ici ? Et pourtant, le cours de Jérôme m'a remis en place le corps et l'esprit. Je sais que je vais revenir chaque semaine. Parce que j'ai besoin de le voir. Et parce que les ordres hurlés sur la musique du piano qui ne s'arrête jamais me rassérènent comme peu de choses jusqu'à présent. Les filles s'éparpillent dans le vestiaire. Elles se rhabillent en parlant peu. Jérôme se dirige vers les toilettes, gaillard fier, les biceps qui roulent sous son marcel, avec, dans la main, un paquet de lingettes pour bébé. Quand il sort, il me frôle, il sent le bébé, donc, une odeur citronnée. Il a remis les habits qu'il portait lorsque je l'ai vu au cimetière, des habits normaux qui ne mettent ni ses muscles ni son sexe en valeur. Personne ne pourrait suspecter le danseur devant cette dégaine quasi adolescente. Il met son casque sur les oreilles, salue les filles qui sont encore là, lance un à la semaine prochaine à la cantonade et disparaît dans la nuit.

12

Un léger filet, au début, sur la cuisse droite, qui descend presque jusqu'au pli du genou, un léger filet, très vite, sur la cuisse gauche, un filet qui grossit à vue d'œil, qui devient ruisseau, qui devient fleuve, il n'y a rien à faire, malgré les protections ça coule, la couleur rouge vif sur la peau blanche, ça glisse du pli des genoux sur les mollets, ça serpente entre les poils qui poussent là de manière anarchique, le fleuve se fout des poils, il trouve le chemin, ça descend sur les chevilles, ça s'arrête à la malléole et de là, ça goutte, ploc, ploc, sur le sol. Le temps que je me brosse les dents, ça a dégouliné comme ça, j'ai dû essuyer le sol de la salle de bains. Je me baisse en soupirant, une éponge au bout du bras, j'essuie, je tire machinalement un mouchoir de la boîte à mouchoirs pour essuyer mes jambes en remontant, d'abord les chevilles, puis les mollets, puis les cuisses, mais le sang c'est poisseux, ça colle, ça ne part pas tout à fait, il reste un trait rosé qui barre l'intérieur de chacune de mes jambes. Je soupire encore, je mouille rapidement le mouchoir sous le robinet, j'essuie à nouveau ma peau mais le filet rouge est déjà reparti dans sa descente folle, à peine effacé qu'il est revenu, il dévale à nouveau mes cuisses blanches, des deux côtés, droite et gauche. Je suis en retard mais là, je n'ai plus le choix, je vais dans la baignoire, je règle le jet sur la plus forte puissance et l'eau sur la plus grande chaleur, je m'accroupis, le pommeau sur mon ventre, c'est que ça fait si mal, je reste un long moment comme ça, recroquevillée autour de mes entrailles qui battent une mesure incertaine, qui se contractent et se relâchent sans que je décide de rien, je suis une fois de plus stupéfaite de cette mécanique qui fonctionne sans moi, qui n'a pas besoin de ma tête pour se mettre en marche tous les mois, quasi à heure fixe, qui me contraint à ces postures animales, accroupie sous l'eau chaude à attendre que ça passe. Je regarde sur l'émail blanc de la baignoire se former de gros grumeaux rougeâtres, parfois noirâtres, qui sortent de mon sexe, de mon sexe de femme, ils sortent par tas et tombent, visqueux, juste sous moi, où ils sont emmenés par l'eau chaude qui les rend presque vivants, comme s'ils dansaient, là, sous mes yeux. Ces amas de sang, on dirait des insectes gluants, glaireux, ils s'accrochent aux parois de la baignoire, ils sont plus forts que le filet d'eau qui s'en va vers la bonde où certains bouchent un peu la trouée et empêchent l'eau de s'écouler dans un joli tourbillon. J'en prends quelques-uns entre mes doigts, entre le pouce et l'index, je joue avec ce tissu sorti de moi, la chair de ma chair, j'en apprécie l'épaisseur, le caillot plantureux bouge dans ma main, c'est vivant, oui, j'accouche chaque mois d'une matière vivante recroquevillée dans ma douche, pétrie de douleur. Je m'amuse à y planter les ongles, le grumeau coagulé et poupard explose dans ma main, je patouille dans mon sang et je crois que j'aime ça, j'appose ma main sur ma poitrine, ça fait une belle trace rouge sur mes seins, je pense aux mains négatives de la grotte de

Jeanne, je me dis que peut-être la peinture a été inventée comme ça, par des femmes qui malaxaient le sang sorti de leur sexe. Je fixe jusqu'à l'hallucination les traces couleur cassis qui s'incrustent dans le blanc de la baignoire. Je renifle ce qui sort de moi, ce qui s'écrase dans le coton que je suis obligée de mettre dans mon sexe de femme plusieurs jours par mois depuis des années, je renifle cette odeur chaude et écœurante du sang qui noircit à l'épreuve de l'air, de cette maison pas habitée qui chute sur elle-même, cet échec de présence, cette preuve de l'absence, c'est ça qui se passe entre mes cuisses et qui goutte sur le sol de ma salle de bains, la preuve de l'absence. Il n'y a rien dans ton bide, alors saigne, saigne, saigne. Il n'y a rien dans ton bide, saigne. Il n'y a rien, tu entends, il n'y a rien ni personne dans ton bide. Et chaque mois recommencé, ce rituel qui recroqueville le corps, qui agace la tête, qui fait tressauter toute la vie comme un disque rayé, cette matière vivante qui coule jour et nuit et jour et nuit sans rien qui puisse l'arrêter. Je renifle l'odeur bestiale du sang, je renifle cette odeur qui me dégoûte et m'attire à la fois, onctueuse, sirupeuse, l'exacte odeur qu'avait l'enfant inerte le jour tout blanc, et je pense à Jérôme, à mon double, mon jumeau né garçon, un garçon qui aime les garçons, qui n'a pas dû connaître les filles d'assez près pour voir ça, le sang qui ploc ploc sur le sol, qui n'a évidemment jamais connu ça, le sang entre les cuisses, le sang qui sort du sexe, le sang qui noircit les baignoires et démolit le ventre, le sang qui me fait payer de ne pas m'être transformée en maison cette fois-ci encore.

Sous l'eau brûlante, je pense aussi à cette période de ma vie où j'ai été maison, où c'est arrivé, oui, une fois, une seule fois le sang a cessé de sortir de mon sexe de femme parce que mes entrailles étaient habitées, il y avait quelqu'un à l'intérieur, quelqu'un qui a grandi et grossi, que j'ai porté sans savoir qui c'était, qui a vécu avec moi, à l'intérieur de moi, tout contre mes organes les plus vitaux, qui pesait sur mon sexe, dont le battement du cœur excédait le mien, qui vivait plus fort que moi, plus vite que moi, qui vivait à mes crochets, que je nourrissais sans le vouloir, sans même y penser. Qu'est-ce qu'on peut partager, quand le ventre est habité, quand il y a quelqu'un à l'intérieur, quelqu'un dont on ne sait rien mais avec qui il faut vivre ? Comme avec Jérôme, exactement pareil. Je ne sais rien de lui et pourtant il est là, je pense à lui chaque jour, je fais certains gestes avec le sentiment très étrange et pourtant très sûr qu'il est là, qu'il a dû faire, lorsqu'il était vivant, exactement ces gestes-là aussi. Manger une sardine en boîte sur une tartine de pain beurré, commander un express au comptoir, téléphoner à une amie, choisir des courgettes au marché, embrasser avec la langue, écrire dans un carnet, rire ou pleurer au cinéma, se déshabiller chaque soir, s'habiller chaque matin, frotter son corps sous la douche, monter dans une rame de métro à l'instant où les portes se referment, observer les rayons du soleil sur l'eau sale de la Seine, écouter les premiers pépiements printaniers des oiseaux, pisser avec soulagement après avoir bu trop de bière, être ému en voyant une belle pièce au théâtre, une belle photographie au musée, faire l'amour avec sincérité, faire l'amour avec désinvolture, oui, tout ça, on le partage, il l'a fait comme je le fais. Et quand je fais ça, c'est comme s'il le faisait à nouveau à travers moi. Lui et moi, même âge, jumeaux décalés dans le temps, frères d'armes, amis fidèles. Je dessine ses contours pour trouver les miens, je cherche mes limites pour trouver les siennes, pour savoir qui il est, lui qui vit en moi depuis tant d'années. Mais ça, je ne peux pas le partager avec lui. Ça, il est mort sans le connaître, sans même l'approcher un tout petit peu. Il est mort sans rien savoir du sang qui sort du sexe en boules grasses et sombres, il est mort sans rien savoir du ventre qui se transforme en baraque pour bambin inconnu, il est mort sans rien savoir du sexe qui s'ouvre grand, grand comme la bouche d'un ogre, pour laisser sortir l'enfant, il est mort sans rien savoir du temps qui semble se suspendre, s'étirer, du blanc des néons qui est venu souligner, sur son crâne, les mêmes boulettes de sang grasses et sombres qu'il y a tous les mois dans la douche, sans rien savoir du grand silence devant l'absence de miaulement. Il est mort sans rien savoir de tout ça, dans l'ignorance la plus totale, mais il est à mes côtés, là, il existe avec moi, et quand je vis ces choses de femme je pense à lui, l'homme qui vit en moi.

Je ne saurai rien, moi, jamais, du sexe masculin, de ce sexe énorme et fascinant que j'observe maintenant moulé dans le caleçon de danseur de Maxence, que je devine sous le tissu, que je recherche dans les musées, dans les peintures mais mieux encore, sur les sculptures antiques, je n'arriverai jamais à m'en approcher assez pour l'écrire, pour le sentir comme s'il était entre mes cuisses à moi, pour ressentir, ne serait-ce qu'une fois, le sentiment fou que ça doit être quand il se soulève, plein d'un désir qui m'échappe. Voilà où sont nos limites, voilà ce qui fait que Jérôme n'est pas un alter ego, le désir ne fait pas la même chose sur son corps d'homme et sur mon corps de femme, la différence est mince et pourtant considérable. Je sais que nous avons partagé le reste, tous ces gestes qui forment la petite vie, mais la grande vie, la vie du désir, ce qui nous anime, ce qui nous met en marche, cette vie-là, on ne la partage pas. Je porte cet homme en moi, il est là, Jérôme, lui et ses camarades morts, je les porte en moi mais je ne sais pas qui ils sont, ils ne savent pas qui je suis. Et l'écriture ne peut pas m'aider. Dans la salle de bains, quand je suis recroquevillée sous le jet d'eau chaude, je pense à son sexe, son grand sexe d'homme, le sexe par lequel il est mort. Je vois la chair de marbre du *David* de Michel-Ange, je regarde à m'en décoller la rétine les deux bourses accolées au pénis, à ce prépuce bien dessiné, tout cela ne m'évoque rien, je veux essayer de percer ce mystère, je photocopie une reproduction grandeur nature du sexe de David, je me déshabille, je la place entre mes jambes, je la scotche à mon bas-ventre, je règle mon appareil photo sur le mode retardateur et je prends un cliché de moi avec le sexe de la statue qui pend entre mes cuisses, avec ce sexe qui pourrait être celui de Jérôme, ou de Maxence, mais le cliché ne m'apprend rien. Je ne suis pas un homme, je ne suis pas Jérôme, je ne suis ni enfant ni roi.

Je vais au cours de Maxence deux fois par semaine maintenant, chaque lundi et chaque mercredi, je n'y déroge pour rien au monde. J'emmène Tutu avec moi, c'est toujours ça de pris, parce qu'elle supporte de moins en moins sa présence dans l'appartement. Elle dit que je fais un transfert, avec ce chat, que ça devient malsain. Il se tient tranquille, au fond de mon sac à dos. Je me suis offert une tenue de danse plus académique, j'ai un plaisir fou à attendre devant la porte cochère noire avec les autres, à voir les fillettes sortir du cours de Sylvie, à entrer dans la grande salle à mon tour, à me déshabiller à toute vitesse dans le vestiaire pour avoir une bonne place, pas trop près du miroir, mais pas trop près de la porte non plus, pour éviter les courants d'air puisque la totalité du cours se passe au sol. J'ai appris quelques astuces, je porte dorénavant de grosses chaussettes de laine grise pour éviter les échardes du parquet qui entrent dans les pieds. Maxence connaît mon prénom comme il connaît le prénom de toutes les filles du cours. Il le prononce parfois, de sa grosse voix grave, pour m'encourager ou me donner des conseils. Je frémis de plaisir quand il lance la musique, ce piano inflexible qui guide nos mouvements, je frémis de plaisir quand je vois toutes nos jambes se lever exactement en même temps, et s'abaisser ensuite exactement en même temps, dans un ensemble qui m'émeut au plus haut point, je suis fière de faire partie de cette armée de danseuses petits soldats sous les ordres de mon fantôme.

Le piano ne nous laisse aucun répit, Maxence non plus. Quand le moment est venu de faire les mouvements allongées sur le dos, j'aime qu'il se déplace au milieu de nous, j'aime voir son corps en contre-plongée, sentir son odeur citronnée de lingettes pour bébé, j'aime quand il agrippe mes pieds pour les tordre, quand il appuie sur mon bassin pour que mes jambes s'écartent plus, encore plus, toujours plus, j'aime souffrir le nez sur le parquet poussiéreux, j'aime nos airs concentrés dans le miroir, l'exigence de la danse classique sans qu'il y ait de danse véritable, juste des échauffements, une transposition, au sol, des mouvements que les danseurs réalisent normalement debout à la barre. Une métaphore. Parfois me traverse l'idée que ça devait être ça, l'aboutissement de cette enquête sur Jérôme, ces heures passées à apprendre à aimer la souffrance dans la salle de danse, qu'il doit y avoir un sens caché à tout ça et qu'il finira par m'apparaître. D'autres fois je repense à la promesse que j'ai faite à Jérôme et à moi-même, en sortant de la bibliothèque, de ne plus rien chercher sur lui, et je suis consternée de voir que je continue à guetter des signes. Alors je change de garçon, je reporte mon obsession pour Jérôme sur Maxence, je le cherche sur Internet, et je trouve beaucoup plus de choses que sur mon fantôme des années quatre-vingt. De toute façon, les photos de lui ne font aucun doute, c'est Jérôme, ils ont le même visage, le même air, c'est la vérité. J'apprends que Maxence est un danseur de formation classique qui a eu beaucoup de succès, très jeune, à l'Opéra, et qui, depuis quelques années, fait de la danse contemporaine. Je visionne des vidéos de lui. Jeune, il danse *Le Lac des cygnes* et je l'identifie aussitôt, malgré le costume qui le rend quasi méconnaissable.

13

Les semaines passent, c'est le mois d'avril. Je reviens. Je reviens le lundi, je reviens le mercredi, Tutu dans le sac à dos, dans les vestiaires, mes chaussettes de laine élimées aux pieds, ces deux heures passées dans la salle de danse font désormais partie des plus importantes de ma semaine. Maxence me reconnaît, m'appelle par mon prénom, ça m'emplit de joie, parfois il me demande de me mettre au premier rang, ça y est, je suis devenue une habituée. Aucune complicité ne s'est tissée avec les autres filles, bien qu'on se croise deux fois par semaine, à moitié nues, dans le réduit qui nous sert de vestiaire. On se parle à peine, je reconnais seulement les visages, les noms.

Un lundi, pendant le cours, alors que l'armée des danseuses était allongée sur le dos, occupée à lancer avec vivacité les jambes en l'air, l'une puis l'autre, la droite puis la gauche, dans ce mouvement qu'on appelle grand battement, un lundi, donc, pendant que nous travaillions les battements au son de la voix de Maxence, l'important, les filles, c'est toujours de revenir, il faut que l'intention apparaisse quand vous revenez, parce que partir c'est facile, c'est simple, mais c'est revenir qui est difficile, et il faut y aller avec tout son corps, on lance la jambe, et revenez, oui, on laaaance, on revient, on laaaance, on revient, plus d'intention encore, allez, on lance, on revient, on lance, on revient, un lundi, donc, la voix de Maxence s'est arrêtée brusquement, il a dit mais qu'est-ce que c'est que ce bordel, le piano a continué à jouer, les battements des filles se sont désordonnés, certaines ont continué quelques instants encore à lancer leurs jambes vers le ciel, mais on n'est pas habituées à ce qu'il se taise alors la plupart d'entre nous se sont rassises, face au miroir, le visage inquiet. Maxence a crié non mais je rêve ou quoi, il y a un chat dans la salle, et je me suis sentie rougir illico, de la tête aux pieds, ce qui ne veut rien dire car les pieds ne rougissent pas, mais mon visage, oui, je le sentais, j'étais cramoisie, et j'ai vu dans le miroir mon Tutu se balader tranquillement entre les danseuses, ses pattes bien droites sur le parquet, l'air de rien, l'air de trouver ça tout à fait normal d'être là, à se demander ce que ces humaines en rang d'oignons peuvent bien fabriquer, couchées sur le sol. J'ai murmuré ah pardon, c'est mon chat, j'ai bondi sur Tutu qui n'a même pas eu le temps de miauler, je suis allée dans le vestiaire dare-dare, j'ai compris mon erreur en constatant que ce lundi, j'avais laissé mon sac par terre, que je ne l'avais pas suspendu à la patère comme j'ai l'habitude de le faire. Il a dû se réveiller, et sortir tout naturellement du sac. D'habitude, je le trouve parfois réveillé, oui, mais comme le sac est en hauteur, il se contente de rester là, la tête ensommeillée, à miauler vaguement dans ses plus mauvais jours. Je ne sais pas ce que je dois faire, si je dois retourner dans la salle ou partir et ne jamais revenir, j'entends Maxence qui rit aux éclats, je n'avais jamais entendu son rire, j'hésite, dans le réduit, je finis par remettre Tutu dans le sac et retourner au cours, un peu piteuse, les filles me jettent des regards amusés ou courroucés, me font des sourires entendus, pour les quelques-unes qui avaient déjà remarqué que je venais avec mon chat en bandoulière, Maxence reprend bon, on en était où, ah oui, plié ! Tendu ! Plié ! Tendu !

Après avoir enlevé mon uniforme de danseuse, j'attends qu'il sorte des toilettes avec ses lingettes pour bébé à la main, je me précipite sur lui au moment où il va remettre son casque sur les oreilles, comme je le vois faire à la fin de chaque cours, c'est qu'il ne reste jamais pour bavarder, il termine le cours, entre dans les toilettes habillé en danseur, caleçon noir moulant et débardeur noir, il en sort en civil, il met son manteau, son casque sur les oreilles, et il s'en va. Maxence, je dis, je voulais m'excuser d'avoir troublé le cours avec mon chat, je suis vraiment désolée, normalement il se tient bien, je ne sais pas ce qui s'est passé. Normalement, il répète, comment ça, normalement, tu veux dire que ce n'est pas la première fois que tu l'amènes ? Il a laissé son casque à musique tomber autour de son cou, suspendu le geste qu'il était en train de faire, enfiler son manteau. Je ne sais pas s'il est en colère ou si je l'amuse. Bah oui, je balbutie, je l'emmène à chaque cours, j'ai une histoire compliquée avec ce chat, et il est mieux là que chez moi, ça serait long de tout te raconter. Ah mais c'est génial, il me coupe, enthousiaste, c'est complètement génial, ça me fait penser à un livre que j'adorais gamin, *Martine petit rat de l'Opéra*, tu connais, tu vois ce que c'est ? Bah Martine, elle apprenait la danse, et elle avait un chat, Minouche, je crois, oui, c'est ça, Minouche, il certifie, exalté, qui était là, dans le studio de danse, et je sais pas, cette image, ça me faisait rêver. J'ai adoré quand j'ai vu ton chat, là, au milieu des filles, j'ai eu l'impression de plonger en enfance. Je ris avec lui, je pensais qu'il allait me sermonner, me prier de quitter le cours, de ne plus revenir. Je suis soulagée. Il demande et alors, tu le transportes dans ton sac à dos, c'est ça ? Je lui dis que oui, en laissant le haut ouvert, pour qu'il puisse respirer. Sur ma lancée, comme il n'a pas l'air fâché, ni si pressé que ça, je me mets à lui raconter que la plupart du temps, on se promène surtout comme ça, et, je joins le geste à la parole, je sors Tutu du sac, je le pose sur le parquet, je mets mon bras en lance de rampement, il grimpe dessus, se positionne sur mon épaule gauche, je déambule sur le parquet, je fais le tour de la salle de danse pour la démonstration. Maxence ouvre de grands yeux, il lance ah ouais, ça, c'est pas banal, tu te promènes avec ton chat sur l'épaule ? Je dis que oui, on fait ça depuis qu'il est tout petit. On quitte la salle de danse ensemble, Maxence déclare que je peux amener Tutu chaque fois que je viens, qu'il n'y a pas de problème, qu'il faudra juste prévenir les filles au cas où l'une d'entre elles serait allergique, mais que vraiment, il insiste, vraiment, ça lui ferait plaisir qu'il vienne avec moi, qu'il soit là, dans le studio, et que lui, Maxence, il puisse vivre deux fois par semaine dans l'image d'Épinal de son album d'enfant, on rigole, il ajoute mais c'est vraiment ce livre-là qui m'a donné envie d'être danseur classique, j'étais tout minot et ma mère me le lisait chaque soir, il paraît que je ne voulais jamais en lire d'autres.

14

Les jours se suivent. Lundi, mercredi, on va au studio de danse, Tutu et moi. Je le laisse maintenant déambuler dans la salle pendant le cours. Il ne nous dérange pas, se contentant la plupart du temps de se rouler en boule près de l'enceinte de laquelle jaillit le son sévère du piano. Parfois, il marche entre nos corps allongés, en même temps que Maxence, il parade parmi notre légion comme un officier miniature, il surveille nos mouvements les moustaches rigides. Je surprends parfois Maxence, le beau Maxence, se pencher de toute sa hauteur pour esquisser des caresses sur son dos. Il me fait un clin d'œil, maintenant, quand j'arrive au cours. Pour le reste, rien n'a changé. J'ai toujours mal partout quand je m'en vais, mais j'attends avec impatience le cours d'après, et l'intervalle entre le mercredi et le lundi suivant me semble chaque semaine épouvantablement long. Je sens que mon corps change. Que ma colonne vertébrale s'allonge, que j'ai un peu grandi, même. Que dois-je faire, il m'arrive encore de me demander. Que dois-je faire du roi Jérôme, de cette vie avec Tutu, de ces moments passés au cimetière du Montparnasse, parmi les vedettes mortes et enterrées, que dois-je faire du sang entre mes cuisses de femme, de mes larmes en assistant à des ballets contemporains où les danseurs ne font pourtant que marcher, du plaisir que j'ai à souffrir sous les ordres de Maxence, de ces fantômes qui se meuvent derrière moi, partout où je vais ? Chercher, partir, écrire, ça n'a servi qu'à en distinguer les contours, à dessiner des ombres.

Un jour, nous nous querellons. Plusieurs mois se sont écoulés depuis mon retour de Tunisie, je pensais qu'elle s'y ferait, à la présence de Tutu, je pensais qu'elle finirait par s'attendrir, par l'aimer même, ce chat pas comme les autres, ce chat aveugle qui ne miaule presque jamais, ce chat perroquet que je promène comme s'il était empaillé. Mais non, elle ne le supporte pas, jalousie ou crainte, des disputes éclatent de plus en plus souvent, elle dit que je devais lui chercher une famille d'accueil, que je ne l'ai jamais fait, je ne réponds rien parce que c'est vrai, mais c'est que je l'aime, moi, ce chat, il est la preuve vivante que même lorsqu'il ne se passe rien, des choses arrivent, que même lorsqu'on pense ne rencontrer personne, on se cogne à quelqu'un, que même lorsque la vie piétine, l'existence n'attend pas. Je soupire, je vais m'en occuper, c'est promis, elle ajoute tu as intérêt, parce que je l'ai assez vu, je dis oui, d'accord, j'ai promis t'as entendu, promis, je vais m'en débarrasser, et en prononçant ce dernier mot j'ai le cœur qui devient bien trop lourd dans ma poitrine, je tends mon bras, Tutu grimpe sur mon épaule, on descend au cimetière où je pleure et où il pisse, que dois-je faire, bon sang, on en revient toujours à la même question sans réponse, que dois-je faire ?

Je ne sais pas pourquoi on s'est donné rendez-vous là, c'est très loin du cours de danse, très loin du cimetière, très loin de chez moi. Je le cherche des yeux parmi les nombreuses tables rondes décorées de nappes amidonnées et trop blanches, entourées de chaises en cuir rouge de mauvaise qualité. Je vois un bras s'agiter au fond, au premier étage de ce restaurant chinois de Belleville, oui, c'est bien lui, je m'approche en souriant même si je ne fais pas la fière, j'ai du mascara au coin des yeux parce que je pleure déjà. Ça va, Pauline, il demande, je dis oui, bof, je soupire, je m'assois, je ne sais pas trop quoi faire de mon corps, il faudrait que je me tienne droite, face à lui, c'est obligé, le fameux tiens-toi droite de quand j'étais gamine, c'est le moment ou jamais. Un serveur arrive pour prendre nos commandes. Maxence dit qu'il a super faim, il sort d'une répétition qui a duré trois heures, il commande des nems au poulet puis un canard laqué cantonais, je souris en songeant que c'est vraiment années quatre-vingt, ça, un canard laqué cantonais, que j'imagine très bien Jérôme et mes fantômes pédés manger ce genre de choses, dans leur Paris à eux, quand les restaurants chinois étaient à la pointe de la mode. Je prends des nouilles sautées aux crevettes, sans grande conviction, je ne sais pas trop ce qu'on va se raconter, après tout c'est moi qui lui ai proposé d'aller boire un coup, il m'a répondu que lui, il ne buvait jamais, mais que si je voulais, on pouvait aller manger un morceau, il a dit ça comme ça, manger un morceau, j'ai balbutié oui, d'accord, j'avais peur qu'il pense que je le drague. Là, dans ce restaurant ringard, j'ai tout de suite mentionné que moi, les garçons, bof, il a compris, il a souri, au moins les choses étaient claires entre nous, j'ai soufflé de soulagement, il a répliqué tu sais, moi, les filles, bof, on a ri, le serveur a apporté les nems au poulet, il en a mis un presque en entier dans sa bouche, je lui ai dit voilà, c'est au sujet du chat. Minouche, il a répondu, en relevant la tête dans un beau mouvement de boucles brunes, la bouche pleine. Oui, Minouche, enfin c'est pas son nom, mais voilà, j'ai soupiré, je savais vraiment pas comment lui annoncer, j'ai baissé les yeux sur mes couverts et j'ai dit sans m'arrêter je ne peux plus le garder, alors je me demandais, comme tu as l'air de bien l'aimer, est-ce que tu ne voudrais pas le garder, toi ? Le garder, il répète, l'air soudain grave, c'est-à-dire ? Euh, je sais pas, devenir son maître, j'avance, en fait je lui cherche une famille, et j'ai pensé à toi, je me mets à rire nerveusement, on ne se connaît pas, je sais, c'est débile sans doute, je suis désolée, je ne fais que des choses bizarres en ce moment. Il hoche la tête vigoureusement, il ne peut pas parler parce qu'il vient de s'enfiler un deuxième nem, enroulé dans de la salade et des feuilles de menthe, il attend de l'avoir avalé pour me dire oui, d'accord, évidemment que oui, je l'adore ton chat, il a l'air complètement barré mais ça me va bien, moi, un chat barré.

Alors je me mets à tout lui raconter, toute la vérité, en vrac entre deux crevettes, la grossesse, la carte d'identité, mes trois prénoms, Jeanne, la grotte du Pech Merle, les mains négatives, les milliers d'années apé, le drame, l'enfant inerte le jour de neige, le fossoyeur à l'accent du Sud, Ysé l'inconnue parmi les inconnus, le sommeil évanoui, et puis Jérôme bien sûr, la perruque bleue de ma mère, Émile, la Tunisie, le chat, la douane, les nuits à lire de la littérature homosexuelle, le cimetière du Montparnasse, la bibliothèque poussiéreuse, mes fantômes, la fois où je l'ai pris en filature, lui, Maxence, il se marre, j'ai dit et la suite tu la connais, le premier cours de barre au sol, mon tee-shirt de *heavy metal*, le vocabulaire que je ne comprenais pas, rétroversion du bassin, je ne suis toujours pas sûre d'avoir compris d'ailleurs, il se marre encore, plié, tendu, plié, tendu, ces cours dont je ne peux plus me passer. Je lui parle aussi de mon émotion en le voyant sur scène dans des vidéos trouvées sur Internet, lui et les autres danseurs, comme une troupe de fantômes, ça le laisse songeur. On partage une perle de coco pour le dessert, tellement années quatre-vingt ça aussi, un bel hommage, oui, puis au moment de demander l'addition, il dit bon, il s'appelle comment, ce chat ? Tutu. Tutu, il pouffe, tu te fous de moi. Non, je dis, Tutu. Tutu, mais pourquoi ? Oh, ça m'est venu comme ça, quand je l'ai trouvé, Tutu comme l'habit des danseuses, parce qu'il faisait des claquettes sur mon épaule. Sur un trottoir de Belleville, à côté d'une prostituée, je lui donne quelques recommandations pour le chat, je lui indique quelles sont ses croquettes préférées puis je lui montre comment mettre son bras en rampe de lancement. Et je les regarde s'éloigner, dans la nuit parisienne aux lumières orangées, Maxence et Tutu, Tutu sur l'épaule de Maxence, drôle d'assemblage, drôle d'équipage.

Quelques semaines plus tard, un lundi, Maxence arrive au cours de barre au sol accompagné d'une fille et nous présente Lotte. C'est elle qui va reprendre le cours, lui s'en va en tournée avec sa compagnie de danse contemporaine, il doit arrêter l'enseignement, ça lui prend trop de temps. Les filles soupirent, je soupire aussi, je ne m'y attendais pas. On n'était pas devenus amis, avec Maxence, il continuait à me faire un clin d'œil à mon arrivée dans la salle, je prenais parfois, mais rarement, des nouvelles de Tutu, car le moins j'en avais, le mieux je me portais. Il l'amenait au cours, le mercredi uniquement, et ça suffisait à me rendre heureuse, de le voir une fois par semaine. Lotte, donc. Une grande bringue, à la voix beaucoup trop fluette pour passer au-dessus du piano, une voix beaucoup moins ferme, beaucoup moins résolue. Le cours qu'elle donne, ce jour-là, en duo avec Maxence, n'a aucun goût. Dans le vestiaire, l'ambiance est maussade, les filles renfrognées. On pense toutes la même chose. Maxence toque à la porte, il nous dit au revoir, que c'était un plaisir de nous avoir donné cours tout ce temps, il nous assure que Lotte est super, qu'elle va nous apprendre d'autres choses et que ça ne sera pas plus mal, de changer un peu, il nous rappelle de ne jamais oublier ses trois conseils principaux, travailler petit, se tenir droit, s'engager. Il se tourne vers moi, il ajoute et Pauline, merci pour Tutu.

Ce n'est que bien plus tard, quand je suis revenue chez moi, le cœur gros, après être rentrée à pied en passant par le cimetière du Montparnasse, que j'ai trouvé, au fond de mon sac à dos, un livre de poche qui ne m'appartenait pas. Je l'ai sorti, intriguée. Dans la lumière grisonnante de ce début d'été, j'ai déchiffré le titre, *Partage de midi*. C'est une vieille édition de poche, toute cornée. Dessus, il y a un post-it rose, en forme de cœur, kitsch à mourir. Sur le post-it, il y a écrit maintenant que tu as trouvé Jérôme, tu dois trouver Ysé. C'était signé Maxence.

QUE M'EST-IL PERMIS D'ESPÉRER ?

Elle est là, mélangée avec les couleurs, et l'ombre, toujours triste de quelque mal qu'elle ne sait pas. Née comme ça.

MARGUERITE DURAS,
Les Yeux bleus cheveux noirs

1

Alors voilà, c'est maintenant, c'est pendant ce mois de juillet et c'est ici qu'on se rencontre, Ysé. Dans cette maison. Avant de partir, je suis allée chez mes parents, pour leur dire au revoir. Entre le dessert et le café, dans ce moment suspendu des déjeuners dominicaux, lorsque la conversation s'épuise et que la mélancolie s'installe, je me suis laissée glisser dans le fauteuil que j'aime bien, le fauteuil en cuir vert qui fait face à leur bibliothèque. Machinalement, mes yeux ont parcouru les étagères débordantes de livres. Ils se sont posés sur le dos abîmé d'un livre recouvert, comme d'autres, de papier cristal. C'est ma mère qui recouvre ses livres. Malgré le flou qu'apporte le papier cristal, le mot *midi* m'a sauté aux yeux, j'ai déchiffré ensuite *partage*. Je n'ai pas réfléchi plus longtemps, je me suis levée, j'ai tendu le bras, j'ai pris le livre et je suis allée à pas de loup dans l'entrée, je l'ai glissé dans mon sac à dos puis je suis revenue vers la table du déjeuner. Personne n'avait fait attention à moi, mon père avait commencé la vaisselle en sifflotant la mélodie qui passait sur France Musique, ma mère servait le café. En arrivant chez moi, j'ai sorti le livre de mon sac, je me suis demandé pourquoi je l'avais chapardé plutôt qu'emprunté, je l'ai posé sur mon bureau, à côté de celui de Maxence.

Le titre n'est pas exactement le même sur les deux couvertures. Sur l'une, il est écrit *Partage de Midi*. Sur l'autre, *Partage de midi*. Je préfère celle-ci. Midi sans majuscule, midi comme ça, l'air de rien. Les deux éditions sont un peu jaunies. Je les observe, l'une puis l'autre, je n'arrive pas à choisir et je décrète que je vais emporter les deux dans la maison que je m'apprête à rejoindre. Il faut toujours faire et avoir les choses plusieurs fois, car la première, parfois, ça ne compte pas. J'ai suivi la piste de la lignée des femmes qui m'ont précédée, la piste de l'altérité, de l'autre sexe, de la différence. Il me reste l'espoir de me trouver dans ce personnage de théâtre qui me colle au cœur depuis des années, Ysé membrane. Sans doute que c'est dans les histoires qu'on existe vraiment, que c'est dans la fiction que se dissimule la vérité, qu'il n'y a pas d'autre endroit où vivre.

J'ai pris le train. Je savais qu'il fallait qu'on se rencontre dans cette maison, que j'avais besoin, pour te faire face, Ysé, de l'isolement le plus radical, de la solitude la plus absolue, du retranchement le plus entier. Dans mon sac, pas grand-chose, quelques habits, de quoi écrire, et mes deux éditions du *Partage*. À la gare d'Austerlitz, j'ai bien regardé partout autour de moi en pensant que lorsque je reviendrai, je serai différente, j'aurai appris des choses. J'aurai peut-être guéri, du moins j'aurai survécu. En revenant, c'est sûr, je ne serai plus la femme qui a côtoyé les ombres, je serai prête à nouveau pour la vie. C'est vaguement ce que je lui avais promis, à demi-mot, juste avant de partir, au moment de l'étreindre sur le pas de la porte, quand elle avait soupiré mais tu t'en vas encore, tu te rends compte que tu ne fais plus que ça depuis décembre, t'en aller, fuir, me fuir, les fuir, tes parents, et puis eux, ton frère, ta sœur. J'avais répondu oui tu as raison mais il faut que je me retrouve. Je suis montée dans un train de nuit, un des rares qui existent encore. Le wagon était plein. Six couchettes. Sur celles du bas, un grand-père et son petit-fils, tous deux déjà en slip lorsque je suis arrivée, couchés comme des blessés, étendus sur le dos. Un drôle de spectacle. Un trio, des parents et leur fille de trois ans, qui prenait trop de place, faisait trop de bruit. Et moi. J'ai grimpé sur l'échelle en fer-blanc, hissé mon sac sur la couchette du haut. J'ai installé les draps fournis par la compagnie de train, je me suis couchée aussi, comme une blessée, étendue sur le dos. J'ai attendu d'entendre le sifflet du départ, de sentir les premiers hoquets du train qui s'ébranle. J'ai pensé à toi, Ysé, Ysé dont je ne sais rien, à ce qu'aurait été ma vie si je m'étais prénommée ainsi. La même vie ? Une autre vie ? J'ai fermé les yeux.

À Brive-la-Gaillarde, à trois heures du matin, ils nous ont débarqués brutalement. Sifflements, pas lourds et précipités dans la coursive du train, coups répétés sur les portes. Problème technique, messieurs-dames, veuillez nous excuser pour la gêne occasionnée. Il nous fallait descendre avec nos bagages, dans la nuit entièrement noire. Le grand-père et son petit-fils ont remis à la hâte leur pantalon, hagards. Les parents de la fillette avaient l'air désorientés par ce coup du sort. La petite, elle, était bien plus gaillarde. On s'est tous propulsés dehors, on a suivi les indications sans moufter, on a marché jusqu'à un autocar qui ressemblait, silhouette dans la nuit, à un baleineau sorti des flots. À l'intérieur, une lumière bleue flottait dans l'air. Les vitres étaient froides mais l'air moite. Un jeune homme écoutait de la musique dans son casque beaucoup trop fort, mais personne n'a eu le courage de le lui dire. On a essayé de se rendormir. La petite geignait. Le grand-père aussi. Défilement de la campagne floue et grisâtre à travers les vitres embuées. Quand le soleil s'est levé, campagne verte, campagne presque jaune, campagne qui bouge. Campagne qui nous a fait tourner la tête, avec les routes en lacet, dans cet autocar qui se traînait à quarante kilomètres heure, au petit matin.

C'est ici, Ysé, que je vais ouvrir le livre. C'est du théâtre, tout ça, je sais. Une mise en scène. C'est ici que je vais lire cette pièce, dans cette maison que j'ai choisie pour ça. Paul Claudel, il y a écrit, sur les deux couvertures. Je cherche dans ma mémoire ce que je sais de lui, ce qu'on apprend à l'université, un homme de droite, anticommuniste en tout cas, patriote ça c'est certain, un hystérique de la religion, converti brutalement un soir de Noël d'avant 1900 me semble-t-il, pas très loyal avec sa sœur lorsqu'elle était internée, que des choses peu reluisantes. Alors qu'est-ce que je fous là, à me retrancher du monde pour chercher des signes dans cette pièce de théâtre écrite par un ringard illuminé qui ne m'est pas du tout sympathique ? Je souffle. C'est lui qui a inventé ce personnage, Ysé, et il y a ce prénom, inscrit pour toujours dans mon identité. Ce prénom, qui vient de ce texte, de ce théâtre, de ce type. Ysé, je n'y arrive pas. Je n'arrive plus à grand-chose depuis le jour blanc. Pleurer, je ne sais plus faire. Parler, presque pas. Ysé, tu sais, je n'arrive même pas à ouvrir le livre.

Avant huit heures du matin, alors qu'il faisait déjà jour depuis bien longtemps, j'ai poussé la porte de la maison qui a grincé comme je l'ai toujours entendue grincer. L'odeur familière m'a prise à la gorge, j'ai eu le sentiment de rentrer chez moi. C'est peut-être juste ça que je suis venue chercher, un chez-moi, un endroit où je suis moi. Peut-être qu'il n'y a pas besoin de lire le livre, alors ? Peut-être que je vais pouvoir rester là et ne rien faire, entre ces murs, dans cette maison qui a toujours été un refuge, une tanière. Ceux qui y vivent ont déserté les lieux pour l'été en me laissant prendre soin des murs, du jardin et des animaux, comme je l'ai déjà fait plusieurs fois. Je salue la vieille chatte que je connais bien, et la nouvelle, plus farouche. Elle a la beauté fauve des grands félins, un port de tête aristocrate, des yeux limpides. Rien à voir, si j'ose dire, avec Tutu l'aveugle.

Dans la pièce spacieuse qui donne sur la seule rue commerçante du village, j'installe la table à manger comme un bureau. Je la pousse contre un mur, j'y mets en pile les livres que j'ai apportés, mes carnets, mes stylos, mon ordinateur. Je pose les deux éditions de *Partage de midi* côte à côte, je passe un long moment à étudier les illustrations choisies pour les couvertures. Je monte au premier étage où mon lit est fait, dans la chambre qui donne, elle, sur le jardin. Je vais chercher un seau dans la remise que je pose sur le palier, pour pisser la nuit. La maison est vaste, avec quatre étages, et les toilettes sont au rez-de-chaussée, alors la nuit, il est compliqué de descendre l'escalier dans le noir. Je pisse sur le palier, dans un seau, à la guerre comme à la guerre. Je me fais un café que je bois debout dans la cuisine. Au village, je vais à l'épicerie, j'achète des fruits, une miche de pain, un pot de marmelade de citron, quelques boîtes de sardines avec une pensée émue pour Tutu, de quoi tenir un siège, ne plus avoir besoin de ressortir, ne plus avoir besoin, pendant quelques jours, d'adresser la parole à quiconque. Quand j'ai tout bien arrangé, quand tout est à mon goût, je passe une tête par la porte de la grande pièce. Les livres sont sur le bureau que j'ai disposé exprès. Je décide qu'ils pourront attendre encore un peu, et je m'endors pour des heures et des heures, en pleine journée, dans un sommeil léthargique.

Je n'arrive pas à ouvrir le livre. Je le regarde, je le manipule. J'ai choisi l'édition avec midi en minuscule, celle offerte par Maxence. L'autre, celle de ma mère, est trop grandiloquente. Je préfère midi l'air de rien, midi sans chichi. Éditions Gallimard, 1949. Je tombe sur une préface écrite le 18 janvier 1948, à Paris, que je lirai plus tard, ou jamais, on verra. Je retourne le livre. La quatrième de couverture débute par ces mots : «Ah! Je sais maintenant ce que c'est que l'amour!» C'est déjà trop. Beaucoup trop. Je soupire, je me lève. La vieille chatte qui paressait, étendue sur le divan dans mon dos, se lève aussitôt, sur mes talons. Je vais à la cuisine voir s'il reste du café. Elle se frotte à mes jambes, elle miaule, je lui miaule aussi quelques mots, comme j'ai appris avec Tutu. Elle demande à sortir, j'ouvre la porte qui donne sur le jardin, elle se faufile, toute à son impatience d'être dehors. Elle a raison, c'est là qu'il faut être : dehors. Dehors sous le ciel. Dehors dans les framboisiers. Dehors les coussinets dans les herbes folles, la truffe dans le potager. Pas dedans, pas enfermée, pas en tête à tête avec ce livre jauni, cette idée insensée de prénoms prémonitoires. Je la suis. On va dire bonjour aux poules. Je n'ouvre pas la porte du poulailler. J'ai peur, encore. Dehors, d'accord, mais la campagne, le poulailler, les poules, les œufs à ramasser, faut pas pousser. Ysé. Trois lettres. Ysé.

Acte premier ! Avant ça, pardon, la distribution, la page consacrée aux personnages. Quatre personnages. Ysé, en premier, puis trois autres noms : Amalric. Mesa. De Ciz. Ce sont des hommes. Ysé, seule femme parmi trois hommes. Tout ce que je hais. Je vais refermer le livre, c'est sûr, mais non, allez, un peu de courage ma vieille. La première didascalie informe que l'action se passe sur le pont d'un grand paquebot. Allons bon. C'est Marguerite Duras, c'est ça ? C'est *le milieu de l'océan Indien entre l'Arabie et Ceylan*. Voilà, j'en étais sûre. C'est Duras, c'est le cycle indien, c'est cette fascination que j'ai pour elle qui décrit des pays qu'elle ne connaît pas, qu'elle n'a jamais connus et qu'elle ne connaîtra jamais, c'est cette admiration que j'ai pour elle qui sait faire jaillir des images de choses inconnues d'elle juste avec les mots, les mêmes mots banals qu'on utilise tous. Trois mots, et il m'a eue, Paul Claudel. L'action se passe sur le pont d'un grand paquebot. Ma curiosité est piquée, je dois l'admettre. Il y a la femme du Gange et il y a toi, Ysé, sur ton paquebot. Duras avant Duras. Duras apé.

Je vis comme une recluse, ici. Pourtant, c'est une maison de village, mais je limite mes déplacements au maximum. Je ne sors qu'une fois par jour, pour grimper la colline sur laquelle se trouve la piscine municipale. Le long du chemin, tout bruisse, ça fait comme une cacophonie après les heures passées dans le silence de la vieille demeure. Les insectes font la fête, les mouches grésillent autour de moi tandis que je monte les ruelles en pente au bord desquelles les pierres rouges des maisons semblent faire la sieste. Le paysage est écrasé par la chaleur. Rien ne bouge mais il y a ce bruit continu, ce tintamarre. Les criquets s'en donnent à cœur joie, les abeilles aussi. Très vite, le chemin sort du village, contourne le flanc de la colline, mène à un escalier très raide creusé dans la terre. Un arbre fruitier donne juste au-dessus, et quand on monte les marches, on écrase par dizaines des baies grenat, comme si on piétinait des dizaines de petits cœurs écarlates. Le bruit que font ces baies sous mes chaussures me ravit, un peu dégueulasse, un peu jouissif. J'ai l'impression de commettre un péché.

J'entre dans le bâtiment. Je tends un ticket bleu à l'adolescent en vacances qui fait la caisse pour gagner quelques sous. Il y en a deux, qui se relaient. Jour pair jour impair, j'imagine. J'aime bien tendre mon ticket en faisant un hochement de tête entendu, mais il n'y a pas beaucoup de répondant du côté de l'adolescent des jours pairs, davantage avec l'autre, un adolescent roux plein de taches de rousseur qui me sourit gentiment. J'ai déjà mis mon maillot, je n'ai qu'à enlever l'unique vêtement que je porte depuis que je suis ici, une combinaison de coton gris chiné qui me sert à la fois d'habit et de pyjama, que je ne quitte qu'une fois par jour lorsque je vais nager. Il fait si chaud que je ne prends pas de serviette, le chemin du retour, en descendant la colline dans l'air brûlant, suffit à me sécher. Je mets mon bonnet de bain, j'évite de croiser mon reflet dans les miroirs près des douches, je descends les marches qui mènent à la piscine. Elle est en plein air, au milieu de ces collines aussi rouges que les pierres des maisons. Il faut marcher dans l'herbe, pieds nus, au milieu des insectes tapageurs. Je fais comme si je ne voyais pas les autres gens, d'ailleurs je ne vois rien, je ne pense à rien, j'ai laissé mes lunettes à la maison, en bas, je suis venue sans rien, sinon le ticket d'entrée bleu et de quoi me laver. J'ai encore en tête l'humiliation ressentie dans la piscine de l'hôtel de luxe, en Tunisie, quand j'ai failli me noyer sous les yeux de Tutu, le souvenir bien précis de mon incapacité à nager, à trouver les bons mouvements. Je suis décidée à corriger le tir. Je m'applique. Je nage un kilomètre en comptant les longueurs comme une écolière, ça en fait quarante et à partir de la dixième, le temps me semble long. Après, je sors, je me lave rapidement, toujours ça de pris, je redescends la colline dans l'agitation des bestioles infatigables. Je pousse la porte qui grince. La fraîcheur de la maison me fait frissonner. Je ferme à clé derrière moi, je monte l'escalier, je me précipite dans le jardin, j'essore vaguement, pieds nus dans l'herbe, mes cheveux encore mouillés. Je tourne dans la maison mais il n'y a rien à faire, la vaisselle est propre, tout est rangé, ordonné, immobile. Je pense parfois à elle, de très loin, je me dis que je pourrais lui passer un coup de fil, puis je me souviens qu'on n'arrive plus à se parler. Je pense à eux, mon frère, ma sœur, mais depuis le jour blanc, c'est pareil, je ne sais plus quoi leur dire, et je crois qu'ils ne savent plus non plus. Je vais nager tous les jours. Je veux continuer à avoir mal dans mon corps, me donner une bonne raison d'avoir mal, je veux continuer à l'épuiser, à m'épuiser, comme je le faisais au cours de danse. Je veux me sentir flotter comme flotte un bébé dans le ventre de sa mère.

Sur la table de la grande pièce, les deux livres me narguent. Les deux *Partage*. Je les vois, de loin. D'où me vient cette idée qu'on peut trouver dans la littérature de quoi se constituer une identité ? N'est-ce pas un peu lourdaud, cette idée-là ? Je me moque de moi-même, je ricane à haute voix. Je n'ai aucun courage, voilà tout. C'est une forme de courage que de s'atteler à un texte comme celui de Paul Claudel alors que l'été est grand, que l'été est plein de promesses, qu'il faudrait en profiter, jouir des jours lumineux encore et encore, s'en faire des provisions pour l'hiver qui reviendra, charriant avec lui les souvenirs de l'hiver précédent, de la voix blanche qui répétait elle est jolie, cette petite fille, elle s'appelle comment. J'ai retrouvé certaines couleurs en Tunisie, mais le blanc reviendra et les engloutira, je le sais. Je suis enfermée dans ma tête, depuis ce jour d'hiver. Je me suis enfermée. J'ai choisi de m'enfermer ici avec Ysé, en plein été, pour savoir ce qu'elle a dans le ventre et moi, ce que j'ai encore dans le ventre, ce qui me reste. Ysé qui me hante depuis tant d'années. Dans le village, à la piscine, dans l'épicerie trop sombre, je dévisage les femmes, je me demande qui pourrait être Ysé. Faire Ysé, jouer Ysé. Ysé, toi ? Non. Toi ? Non. Toi, là-bas, qui tournes au coin de la rue, avec une belle démarche ? Pourquoi pas. Ysé blonde Ysé brune Ysé rousse. Ysé crâne chauve, pourquoi pas. Ysé et moi.

Trois hommes et une femme sont au croisement de leur vie. Ils ont quitté Marseille sur le même paquebot. La femme aime tour à tour les trois hommes. Je sais qu'elle est comme ça, Ysé. Son inconstance est notoire, elle aime les hommes, tous les hommes. Eux, ils parlent d'elle, ils ne font que parler d'elle. Ils palabrent. Les hommes disent d'elle que c'est une guerrière, une conquérante. Les hommes disent d'elle qu'elle court comme un cheval tout nu. Les hommes disent d'elle qu'elle brise tout, mais surtout, qu'elle se brise elle-même. Ysé, qui était sortie, revient sur scène. Elle rit. Il y a écrit *elle rit aux éclats*. Jamais, avant, je ne m'étais attardée sur ce mot. Éclats. Aux éclats. Elle rit aux éclats. Éclater, c'est se briser avec violence. Voilà. Ysé violence. Je le dis tout haut, j'appelle la chatte, je lui dis eh, viens écouter un peu. Elle arrive en grognant, les oreilles penchées, qu'est-ce qu'il y a, je dis, il n'y a rien, écoute ça, je dis très fort, presque en hurlant, dans le salon qui me sert de bureau, *Ysé rit aux éclats, Ysé rit aux éclats*, ça résonne, ça bute contre les murs aux papiers peints déchirés, la pièce est presque vide, elle est grande et presque vide, vide comme mon ventre, vide comme mon cœur, alors ça fait comme un écho, la chatte me jauge légèrement inquiète, elle marmonne dans ses moustaches, s'en retourne d'où elle est venue, en traînant, l'air de dire tout ça pour ça, vieille folle. Ysé éclat.

Plus je tourne les pages et plus je suis embêtée. Je trouve les mots de Claudel très beaux, finalement. Je n'arrive plus à mépriser l'homme. Je voudrais au contraire le voir là, devant moi, attablé à cette table de ferme que j'ai choisie comme bureau, même s'il avait l'air tout à fait toqué, je voudrais bavarder avec lui et qu'il me raconte Ysé. J'ouvre à nouveau mon livre. Je ne l'avais pas vu au premier abord mais il y a écrit *première version*, sous le titre. En lisant les notes, je comprends qu'il était fou, ce type, assez fou pour écrire trois fois le même poème dramatique, embrouillé, immensément long et un peu rébarbatif au premier abord, il faut bien le dire, assez fou pour écrire trois fois Ysé, pour la faire naître trois fois. Et moi, j'essaie de l'écrire, de bricoler ce personnage, d'apprivoiser ce fantôme. Il y a aussi des lettres, à la fin de l'ouvrage, des lettres dites inédites, des *Lettres à Ysé*. Ysé, t'as existé, alors, vraiment existé ? Ysé mystère.

Ysé s'allonge dans une chaise longue. Je l'imagine dans un transat rayé de jaune, comme dans un film des années soixante. Dans la maison silencieuse, je m'allonge sur le parquet, je scrute le plafond, je me prends à rêver au film que je ferais si je devais filmer Ysé. Elle saisit un livre. Dans mon film imaginaire, elle lit Duras. *L'Amant*, évidemment, elle lit l'histoire d'une jeune femme sur le pont d'un bateau, dans une sorte de mise en abyme grandiose. Autour d'elle, il y a trois hommes, donc. Son mari, et deux prétendants. L'Amant, les amants. L'un d'eux, Amalric, vient fumer près d'elle. Il la regarde. Elle poursuit sa lecture de Duras. Elle sait qu'il la regarde, mais elle fait mine de ne pas le voir. Ma caméra s'approche de son visage. Puis finalement, après un temps, elle consent à lui adresser la parole. Elle veut savoir s'il l'a reconnue tout de suite. Il ne sait pas bien quoi répondre, c'était il y a dix ans, il a peur qu'elle pense qu'il ment. Et pourtant. Oui, il dit, bien sûr que oui, il l'a reconnue à la seconde même où ses yeux se sont posés sur elle. *Un regard m'a suffi*. Il dit aussi, pour décrire ce moment où il l'a reconnue, et ça ne doit pas être facile, de dire une telle chose, là, sur scène, ou sur le plateau, derrière ma caméra, *le même noir tout à coup sur l'air*. Je fronce les sourcils. Ysé, tu es donc bien sombre. J'avais deviné, tu es bien plus mélancolique que tes rires aux éclats le laissaient supposer. Il parle d'elle, il lui parle d'elle lorsqu'il la connaissait, il y a dix ans. Ysé libre, Ysé droite, Ysé hardie, Ysé souple, Ysé résolue. Il dit tout ça. Elle, elle demande *toujours jolie ?* Puis elle rit. Sans éclats, cette fois, mais elle rit. Ysé gonflée, de demander une chose pareille. Amalric dit *c'est elle. C'était vous.* C'est tout. Quatre mots. C'est elle. C'était vous. J'entoure la réplique, avec mon stylo noir. Je commence peut-être à trouver ce que je suis venue chercher. La chatte miaule. Elle attendra. La piscine attendra, le petit péché quotidien des baies écrasées comme de minuscules cœurs massacrés aussi. La voilà, Ysé. Nous voilà.

Amalric dit d'elle, à nouveau, que c'est une guerrière. J'aime ce mot pour parler d'Ysé, je l'entoure d'un trait noir. Il voudrait l'emmener, la tenir et la prendre. Elle proteste. Elle soutient qu'elle n'apporte pas le bonheur, là où elle va. C'est moi aussi, ça, je la reconnais, je me reconnais. Oh ça non, on n'apporte pas le bonheur avec nous. On tracte les ombres. Femmes mélancoliques, femmes sombres, femmes violentes. Elle fixe son livre, pour ne plus avoir à lui parler, pour qu'il arrête de la draguer comme ça. Elle pense à ses enfants, les quatre enfants qu'elle a eus avec de Ciz, son mari, quatre ce n'est pas rien, ces enfants qu'elle aime mais qui l'empêchent de vivre comme elle voudrait : libre. Elle fixe le nom sur la couverture. Le prénom et le nom de famille. Marguerite Duras. Elle sait, Ysé, que ce n'était pas son vrai nom. Encore une qui n'a pas gardé sa véritable identité, qui s'en est inventé une. Est-ce que c'est ça, alors, le passage, le rite de la vraie naissance, s'inventer un nom, un nom qui ne serait pas celui qu'on a reçu, se désigner soi-même ? Elle s'absente dans l'observation de la couverture de son livre. Amalric comprend le message, il s'en va. Mais voilà Mesa, le troisième homme. Il lui demande ce qu'elle lit, elle répond qu'elle lit un livre d'amour. Elle ajoute qu'elle ne sait pas ce que c'est, l'amour. Elle dit ça, Ysé, et ça m'intrigue. Je suis sûre qu'elle ment. Ils se cherchent. Ils se chamaillent. Mesa l'envoie paître, elle se rebiffe. Il lui dit qu'elle devrait être heureuse, pourtant. Elle s'en défend. Elle rougit, elle rit, il dit qu'il la trouve belle, et ça la rend heureuse. Ysé belle, Ysé fraîche, Ysé jeune, Ysé folle. Il insiste. Il la trouve belle, et joyeuse. Alors que lui, il est sinistre, et seul. Et là, elle dit, page 45 de l'acte premier, elle dit, pour apaiser ses pensées sombres, pour le sortir des ténèbres, elle dit *je suis Ysé, c'est moi.*

Peut-être que c'est ça, qui me guette dès que j'écris. Peut-être que c'est la folie qui rôde dès que j'essaie de m'extraire du monde pour consigner les mots qui me parcourent le corps comme des frissons de fièvre. La réclusion est la seule issue pour me débarrasser des secousses et du souvenir du jour blanc, et, avec la réclusion, la possibilité de l'égarement, de la démence. La preuve, je ne fais que miauler, lorsque je suis dans la maison. Il faut dire qu'il n'y a personne à qui parler, il n'y a que les chattes et les poules. Le matin, je me lève sans réveil. Je joue à deviner, selon la lumière qui suinte derrière les volets de bois, l'heure qu'il peut bien être. Puis je vais vérifier sur le réveil que j'ai posé sur le palier parce que son tic-tac me dérangeait. Silence ! Silence absolu. Avec les jours qui passent, je me trompe de plus en plus rarement, je trouve souvent l'heure juste.

Je retourne dans le lit, je reste un temps prostrée, je contemple les centaines de poussières qui volent dans le rai de lumière traversant la pièce de part en part, je rêvasse dans les draps rêches, j'attends Dieu sait quoi. Je me lève à nouveau, j'ouvre les volets, la vieille chatte accourt sous ma fenêtre depuis le jardin, on joue la scène de Roméo au balcon, on se salue, on se miaule des choses et d'autres. Je fais quelques mouvements de gymnastique, histoire de dire, j'enfile ma combinaison de coton gris chiné, je descends l'escalier qui mène à la cuisine. J'ouvre le gaz. Je remplis méticuleusement la cafetière à l'italienne d'eau puis de café, je la pose sur le feu. Le temps que le café se fasse, je sors dans le jardin, je croque une framboise sur le chemin, je vais tout au fond, là où se trouve le poulailler.

La main tremblante, j'ouvre la porte du poulailler, j'attends que mes yeux s'habituent à l'obscurité en retenant ma respiration. Je les vois. Les deux poules, la noire, la blanche. Elles me regardent. Chaque matin, c'est pareil, je m'excuse à voix haute, je leur dis que je suis désolée, que je ne fais que passer, que je prends juste les œufs et que je m'en vais. Je suis terrifiée à l'idée qu'en voyant ma main toucher les œufs, elles aient l'impression que je leur vole leurs enfants sortis d'elles, qu'elles s'en prennent à moi à coups de bec, que mes mains soient lacérées. J'attrape les œufs d'un geste vif, je recule sans me retourner, de peur qu'elles ne m'attaquent par-derrière, je recule pas à pas, au ralenti, en continuant à leur parler, une espèce de litanie, voilà, merci beaucoup, vous m'apportez mon repas et je vous en remercie, je vous apporterai le vôtre ce soir, je fais du beau compost à votre intention, tout ira bien, bonne journée mesdames. Je referme le poulailler le cœur battant, je fais le chemin inverse dans le jardin. Le café claironne dans la cafetière, je me sers une tasse. Je ne songe qu'à aller me recoucher. Le présent est infini pour qui prétend vivre seul, le temps devient une pieuvre perfide qui n'a de cesse d'agripper par la cheville celui qui a eu la prétention de se retirer du monde, et de le tirer vers le fond, là où l'éternité félonne et sans contours dévore le cœur.

L'eau est d'un bleu qui n'existe pas dans la nature, un bleu chimique fabriqué par l'homme, un bleu vulgaire. La piscine est en plein air, et ce bleu douteux contraste avec les couleurs des collines qui l'entourent : le rouge brut et renfrogné de la terre, presque couleur de foie, les verts allant du vert chartreuse au vert gris de maure des herbes folles asséchées par la lumière. Le soleil fait des écailles au fond de la piscine, des écailles mouvantes qui bougent avec le vent. Il y a de longs fils dorés, presque blancs, qui quadrillent le fond, comme un plateau de jeu. La géométrie, la couleur vulgaire, l'odeur du chlore, l'or au fond du bassin, tout m'hypnotise. Une fois que je suis dans l'eau, je laisse faire mon corps. Je ne nage que la brasse et pourtant, je le sais, c'est la nage la moins vive. Des quatre nages officielles, c'est le mouvement le moins efficace. Je m'en fiche, je ne pense plus à rien. J'oublie tout. Enfin non, ce n'est pas la vérité. Je pense à toi, Ysé, aux mots de Claudel qui te racontent.

Mesa lui en veut de lui dire ça, de lui dire *je suis Ysé, c'est moi*. Je m'interroge. Est-ce que j'ai déjà prononcé ces mots-là, avec mon prénom, mon *vrai* prénom ? Je cherche dans ma mémoire, je ne trouve pas. Je n'ai jamais dit, non plus, *c'est moi*, dans l'interphone en sonnant chez quelqu'un, dans le combiné au téléphone. Je connais des gens qui disent ça, allô, c'est moi. Mesa est vierge et surtout, Mesa a choisi d'aimer Dieu. Il en veut à Ysé, il lui en veut vraiment, il la trouve cruelle de venir le *rechercher*, c'est le mot qu'il utilise, il lui annonce qu'il ne lui donnera pas son âme, il n'y a pas moyen, c'est lui qui le dit, *il n'y a pas moyen, de vous donner mon âme, Ysé*. Il lui rappelle aussi qu'elle est mariée à de Ciz, et qu'en plus, cerise sur le gâteau, elle est attirée par Amalric, ce rustre. Il est atterré, il voudrait ne jamais l'avoir rencontrée. Ysé l'impossible.

Les mouvements du bas du corps, d'abord. Je tends mes jambes collées l'une à l'autre, les pieds le plus étirés possible. Puis je ramène les talons vers les fesses en essayant de faire en sorte qu'ils se touchent. Les genoux et les pointes de mes pieds se dirigent vers l'extérieur, vers les murs du bassin. J'écarte les jambes en poussant les talons à leur tour vers l'extérieur, je tire bien la pointe des pieds. Puis je resserre les jambes à nouveau et je recommence et je pense à Ysé, et je pense à Mesa. Il veut savoir si elle serait d'accord pour l'épouser s'ils étaient libres tous les deux. Elle répond non. Elle ajoute qu'elle ne le trouve pas très beau, qu'il n'est pas assez grand. Elle demande à voix haute pourquoi diable elle a dit ça, tout à l'heure, pourquoi elle lui a dit *je suis Ysé, c'est moi*. Elle ne sait pas ce qui lui a pris, quelque chose l'a poussée, sur le moment, mais à peine le mot a franchi ses lèvres, elle en a été choquée. Oui, *choquée*. Il arrive que, perdue dans mes pensées, j'approche trop vite du bord du bassin, que je me cogne lors du virage de brasse que j'essaie d'opérer le plus proprement possible, que la collision me sorte de mes réflexions. Le bruit du choc de mon crâne avec le carrelage résonne longtemps dans ma tête.

Elle a dit ça parce qu'elle ne s'attendait pas à ce qu'il puisse l'aimer, lui, Mesa. Elle ne s'y attendait pas, mais alors pas du tout. Elle lui a dit *je suis Ysé, c'est moi*, parce que d'un coup il lui a appris que c'est elle qu'il aurait aimée, s'il avait pu, s'il n'y avait pas eu Dieu entre eux. Mesa est un homme de Dieu. Il est sur le bateau pour regagner un poste de fonctionnaire en Chine mais il aurait voulu une vie monastique. Il dit que c'est l'heure de midi, ça, que c'est à cause de l'heure de midi, *où l'on voit tellement ce qui est tout près que l'on ne voit plus rien d'autre*. Midi qui fait comme une loupe. Le gros soleil, comme une loupe sur les choses autour de nous. Elle le fascine, Ysé. Il lui souhaite d'être heureuse. Il soutient qu'elle ne connaîtra jamais la douleur qu'il endure, et il s'en réjouit presque, il déclare qu'au moins, cette douleur lui appartient, qu'elle est à lui, rien qu'à lui. Personne ne pourra lui enlever ça.

Ysé déclare que s'il l'appelle par son prénom, alors une partie d'elle ne pourra jamais s'empêcher de lui répondre, et que ce n'est pas bon pour lui, tout ça. Il vaut mieux convenir tout de suite qu'ils ne s'aimeront pas. Elle lui demande de le lui dire. Elle lui demande de prononcer ces mots, *Ysé, je ne vous aimerai pas*. Il le fait. Ils sont face à face et il l'affirme, Ysé, je ne vous aimerai pas. Elle chuchote, maintenant. Elle lui demande de le dire encore une fois. Il répète à voix basse. Ysé, je ne vous aimerai pas. Amalric revient, s'amuse de les trouver ensemble, demande, balourd, de quoi ils peuvent bien parler tous les deux. Ils ne répondent pas vraiment, ils plaisantent à moitié, pour le tromper. Ysé faussement faible, Ysé dure, Ysé maligne, Ysé vraie.

Les mouvements du haut du corps, dans un deuxième temps. Je tends mes bras devant moi, les mains presque à l'horizontale, les mains jointes, comme pour une prière. J'ai la tête submergée, je suis submergée, je ferme les yeux un instant, je regarde vers le fond, vers l'hypnose des fils d'or dans le bleu vulgaire. Puis j'écarte les bras largement, comme pour accueillir quelqu'un, mes mains se sont tournées et se dirigent vers les deux côtés de la piscine, les paumes vers l'extérieur, comme si je poussais de toutes mes forces, et d'ailleurs je pousse, je pousse fort contre l'eau qui semble faible mais qui est dure, qui offre une résistance sans pareil, je m'appuie sur elle pour sortir ma tête et mes épaules hors de l'eau, je prends une goulée d'air, une grande goulée d'air, il y a cet instant en suspens où je regarde le ciel, l'espace d'une seconde, j'ai le temps de regarder le ciel qui est d'un vrai bleu, lui, un bleu auguste et élégant. Puis je replonge, la tête submergée, les mains jointes, comme pour une prière. Fin du premier acte.

2

Hong Kong, à présent. Un cimetière, en plus. Un cimetière à Hong Kong, j'ai beau essayer, faire semblant, me concentrer, je n'ai aucune idée de ce à quoi ça peut bien ressembler. Bon enfin, il m'aide un peu, Claudel, il écrit que depuis le cimetière, on voit non seulement plusieurs routes mais aussi une usine, un petit port, la mer. Les petits ports industriels, ça me connaît ; ça, oui, ça m'évoque quelque chose. Le ciel est menaçant, l'orage va bientôt éclater. C'est le mois d'avril, en pleine après-midi, une sombre après-midi. Qu'est-ce qu'ils foutent là ? Vous pouvez me le dire ? Ils étaient sur le pont du paquebot qui avait quitté Marseille, il était midi, midi l'air de rien, il y avait un soleil éclatant, blanc, hurlant, méchant, un soleil qui faisait mal, et qu'Ysé suppliait de ne pas avoir dans les yeux, au nom du ciel. Ça se draguait, de-ci, de-là. Et puis, juste avant de passer le canal de Suez, Mesa avait fait sa déclaration. Lui qui n'aimait que Dieu, lui qui n'avait jamais aimé, il voulait Ysé, il voulait l'épouser. Et les voilà dans un cimetière en Chine, quasi seuls au monde. Il n'y a personne, dans ce cimetière.

Il n'y a jamais personne, à la piscine entre les collines. Pas un chat. Parfois quelques mioches, qui sortent à l'heure où j'arrive et s'éparpillent en riant sur la route en pente que je grimpe péniblement. Je passe la porte, toujours ouverte à cause de la chaleur, je salue le garçon roux de mon hochement de tête entendu. Dans les vestiaires, je n'ai que l'embarras du choix, tous les casiers sont vides, mais je choisis toujours le même, orange, très années quatre-vingt, en hommage à Jérôme. Je descends pieds nus les marches qui mènent à l'eau. J'entre dans le bassin sans emprunter l'échelle. Pour les ploucs, l'échelle. Je fais mes longueurs de brasse. Il n'y a jamais personne, sauf aujourd'hui. Je nage avec application. Après quelques longueurs, je sens quelqu'un derrière moi, un frôlement près de mon mollet. Je tourne pour changer de sens, je me concentre pour opérer mon virage, et, à cet instant, je la vois. Elle est exactement dans mon sillage. La piscine, déserte, mesure plusieurs mètres de largeur. Pourquoi diantre s'est-elle mise là, juste derrière moi ? Je suis moins concentrée mais je continue, je ne vais tout de même pas me laisser déstabiliser pour si peu. Rapidement, je comprends que l'on nage plus ou moins à la même vitesse, et que par conséquent, nous

nous croiserons une fois par longueur. Quand je la croise, je la regarde. Elle doit avoir cinquante-cinq ans, peut-être soixante. Elle ne nage pas la brasse académique, mais la brasse des vieilles gens, la tête hors de l'eau, la nuque cassée. Elle porte des lunettes de soleil. Quelle idée baroque, nager avec ses lunettes de soleil. Elle a les cheveux coupés au bol, couleur acajou, quasiment rouges. Qu'est-ce qu'elle fabrique ? La sentir dans mon dos me fait frissonner. Le pire, c'est lorsqu'on se croise, que je la vois de près. C'est le pire parce qu'elle sourit. Elle ne me sourit pas à moi, non, elle sourit, d'un sourire flegmatique qui ne raconte rien, un sourire décontracté. Très préoccupant. Qui sourit comme ça, enfin ? Surtout dans l'eau. Surtout en suivant à la nage une inconnue qui n'a rien demandé. Je continue mes longueurs, faussement imperturbable. Elle ne voit donc pas que la piscine est déserte, qu'elle aurait pu s'installer à l'autre bout, qu'on aurait pu faire nos longueurs tranquillement, chacune de son côté, sans craindre les frôlements, les coups, les vaguelettes que crée la présence d'un tiers sur le même territoire aquatique ? Je nage, je continue à nager, hop, goulée d'air, tête submergée, mains jointes, jambes tendues, hop, goulée d'air, tête submergée, mains jointes, jambes tendues. Elle est toujours là, elle continue à me suivre, sa tête hors de l'eau flotte comme découpée, décapitée, son sourire pacifique et paisible est alarmant, elle avance vers moi en silence, impassible. Je ne sais plus quoi faire. Parce qu'il y a son odeur, aussi, qui flotte à la surface quand on se croise, un parfum de femme douceâtre qui me soulève le cœur. C'est effrayant, cette simplicité avec laquelle elle me nuit, à me suivre de manière aussi bonhomme, les yeux masqués par les verres fumés, les lèvres étirées dans ce sourire énigmatique.

Elle me téléphone. Je lui demande comment ça va, à Paris. Je l'entends expirer, elle répond oh tu sais, comme d'habitude. Silence. Mais toi, elle demande, toi, surtout, comment tu vas, je m'inquiète énormément, tu sais, énormément. Est-ce que tu as trouvé ce que tu voulais ? Est-ce que ça t'éclaire, alors, de lire ce livre, tu y trouves ce que tu cherches ? Quand est-ce que tu vas revenir ? Elle m'assaille de questions, d'un coup. Je lui parle de la femme de la piscine qui semble me surveiller, dominer de sa présence placide la vie que je mène ici, est-ce une espionne, un vigile ou un guide, je lui parle du poulailler, du cimetière chinois, tout ça dans le désordre, sans trop articuler, elle dit hein, quoi, attends, je ne comprends rien et si tu pouvais éviter de me parler de cimetière. Je me tais, elle dit est-ce que tu manges, au moins, est-ce que tu te fais à manger, elle voudrait savoir si elle peut me rejoindre, prendre un train de nuit, elle aussi, et venir me voir, elle promet qu'elle se fera toute petite dans la grande maison mais qu'au moins, elle cessera de se faire du tourment, elle prononce ce mot-là, tourment. D'un coup, sa voix se brise. L'été dernier, il y a un an tout pile, on avait campé le long de la rivière, tu t'en souviens ? Je réponds que non, enfin oui, vaguement, depuis le jour blanc je n'ai plus tellement de souvenirs, elle renchérit mais si, la grotte, tu te souviens, hein, de la grotte, je sens les larmes dans l'intonation de sa voix. Ah ça oui, évidemment, je m'en souviens, c'était apé, elle répète oui, c'était apé, j'entends qu'elle arrête de pleurer, je la connais par cœur, je sais qu'un sourire vient de se dessiner dans ses yeux, toujours elle sourit des yeux avant de sourire des lèvres, elle souffle tu me manques, tu sais, notre vie me manque, et je sais que tu dois te trouver, comprendre qui c'est, les autres en toi, je sais tout ça, mais reviens, je t'en supplie, reviens parmi les vivants. Je me tais, elle murmure je t'appelle dans deux jours, prends soin de toi, mon amour.

Ysé est là, dans le cimetière chinois. Elle a mal au ventre. Elle a les larmes aux yeux, le souffle court, des mèches éparses qui lui tombent sur les joues. Elle ne sait plus très bien comment faire, avec cette vie. Ces mômes dont elle ne voulait pas, ces voyages au bout du monde que je ne voulais pas. J'ai trente ans passés, c'est le milieu de ma vie, comme midi le milieu de la journée, et je suis là, me voilà, dans un cimetière lointain, encore un cimetière. L'air est si lourd autour de moi, je rêverais que l'orage éclate, qu'il vienne me tremper des pieds à la tête, que ma robe claire devienne sombre, que la pluie efface tout, qu'elle fasse de la terre brune sous mes pieds un grand torrent de boue qui m'emporterait. Je le déteste, bon sang comme je le déteste, comment ai-je pu un jour épouser pareil homme ? Excité par le pognon, et rien d'autre, le pognon, rien que le pognon. Bel homme, certes, mais tellement égoïste. J'avais vingt ans, d'accord, mais c'est pas une raison. Quand il m'appelle *bonita*… je préférerais brûler dans les flammes de l'enfer plutôt que de l'entendre me dire ça. Berk. Quel enfoiré ! De Ciz, enfoiré ! Mais il ne voit rien, stupide qu'il est. C'est une de ses rares qualités, il est aveugle, il ne voit pas que Mesa me tourne autour, qu'il a laissé Dieu aux autres, qu'il est en train de me préférer. J'ai envie de le voir, Mesa, j'ai envie de le sentir proche de moi, je voudrais le toucher. Est-ce qu'il viendra ? Est-ce qu'il ne trouvera pas ça trop étrange, ce rendez-vous dans un cimetière ? Je ne le vois pas. Tant pis, je ne vais pas l'attendre. Que penserait-il de moi, de toute façon, les yeux rougis, le chignon défait ?

Il a chuchoté *c'est moi*, pile au moment où j'allais partir, et j'ai tressailli. Je me suis tournée lentement vers lui, très lentement, et, très lentement, je lui ai tendu la main. Il était intimidé, un peu gêné. Il a vu mes yeux rougis, mon chignon défait. Je lui ai dit précipitamment, comme pour m'excuser, justifier mon état, que mon mari venait de me quitter pour partir en voyage. Il m'a demandé, une inquiétude dans le regard, comment allez-vous ? J'ai répondu que moi, pffff, bah moi, ça va toujours, rien ne m'empêche de manger, et puis j'ai ri, très fort, *fortissimo*, j'ai ri aux éclats. C'est comme si ça tanguait, depuis que je suis en Chine, depuis qu'on est descendus du grand paquebot, c'est comme si ça tanguait sous mes pas, le sol ici n'a pas l'air droit, on dirait bien qu'on penche sur le globe, il faut donner un coup de pied un peu brusque pour reprendre ses esprits, comme quand on peine à trouver le sommeil la nuit, comme quand on frappe les trois coups au théâtre, comme quand on rebondit au fond de la piscine. Ici, c'est une vie de guingois. Je lui dis qu'il ne faut surtout, mais alors surtout pas m'appeler autrement que par mon prénom. Jamais. Mon prénom est trop important. Il faut m'appeler Ysé. Seulement Ysé. Pas ma bien-aimée, pas ma colombe, pas mon amour. Pas mon cœur, comme mon mari stupide, pas *bonita*, non. Ysé. Trois lettres. Trois coups. Ysé.

Elle était revenue, elle était là, à nouveau dans mon sillage, à nager juste derrière moi dans le bassin désert. J'avais pourtant pris soin, cette fois, de nager près d'un bord. Mais elle a recommencé. Une vaguelette m'a alertée.

Il n'y avait pas un pouce de vent, j'avançais bien, dans ma lutte quotidienne avec l'eau, j'avais fait à peu près la moitié de mes longueurs. Une vaguelette, une onde sur mes orteils, lors d'un tendu de jambes spécialement réussi. Je me suis retournée d'un coup. Elle était encore loin mais elle avançait dans le même couloir de nage que moi, les cheveux au bol, les lunettes de soleil, et ce sourire, bon sang, ce sourire. Je l'ai laissée passer. Je me suis arrêtée au bord, alors que je déteste m'interrompre dans mes longueurs, j'ai respiré bruyamment par le ventre pour essayer de calmer l'angoisse et la colère mêlées qui montaient en moi, j'ai pensé à une quinzaine de répliques cinglantes que je pourrais lui envoyer lorsqu'elle arriverait à ma hauteur. Je n'en ai prononcé aucune. Elle s'est approchée, j'ai senti son odeur suave, j'ai eu un haut-le-cœur, je ne voyais pas ses yeux derrière ses verres fumés, une peur panique m'a prise, j'ai eu envie de sortir du bassin, j'ai essayé de me hisser tant bien que mal sur la margelle mais je n'avais plus aucune force dans les bras, je suis restée là à attendre qu'elle fonde sur moi, avec sa brasse lente, son sourire démoniaque et sa toute-puissance omnisciente.

Lorsque je fais des courses au village, lorsque je vais acheter des croquettes pour les chattes, du papier pour les toilettes, quelques denrées pour moi, à l'épicerie, à la boucherie, je suis tendue. Je n'ai de cesse de regarder derrière moi. C'est un nouveau tic qui ne me quitte plus. Lorsque je marche dans la rue, c'est pareil, je me retourne d'un coup, très souvent, un coup sec, qui ne prévient pas, comme si la femme de la piscine allait se trouver là aussi, dans la queue chez le boucher, dans le rayon pâtée pour animaux à l'épicerie. Je sais qu'elle me suit du regard à travers le village. Une fois, j'ai cru l'apercevoir derrière un rideau qui s'est refermé vivement quand j'ai levé les yeux. Une autre fois, il m'a semblé qu'elle me guettait à la maison de la presse. Je ne suis bien que dans l'enceinte des murs de la maison. Là, je sais qu'elle ne viendra pas, qu'elle ne me verra pas. On se miaule, avec les chattes, et Tutu me manque. Les cours de barre au sol aussi. Je ne souffre pas de la même façon, à la piscine. Je lave ma combinaison de coton gris chiné. Je passe la journée nue, le temps qu'elle sèche au grenier où je l'ai étendue. Je prépare les légumes que je cueille dans le potager. Je vais piquer leurs œufs aux poules, je m'améliore de jour en jour, j'essaie d'appliquer la même technique qu'à la piscine, avec la nageuse folle, je respire par le ventre en pensant très fort que je n'ai pas peur. J'ai lu dans un magazine scientifique, trouvé dans la salle d'attente d'un cabinet médical, que les animaux savent très bien reconnaître l'odeur de la peur et que c'est cela qui les rend agressifs. Je pense de moins en moins souvent à elle, à notre appartement près du cimetière, à la tombe de Jérôme et au carré avec la minuscule tombe que j'évitais consciencieusement, que j'éviterai toute ma vie. Je laisse Claudel de côté, les deux *Partage*, Ysé, oui, je laisse Ysé dans son cimetière en Chine. Les jours passent, mes cheveux poussent. Le soir, maintenant, je peux me faire une tresse pour dormir, comme quand j'étais adolescente, une longue tresse qui vient me chatouiller le bas du dos.

Elle me téléphone, elle dit comment tu vas, ma chérie, d'un ton faussement enjoué, elle dit tu ne devineras jamais, je les ai croisés, eux, ton frère, ta sœur, dans la rue, on a parlé de toi, tu leur manques beaucoup, ils ont hâte de te revoir, elle me parle de ma mère, aussi, et comme je reste murée dans le silence, elle prend une voix cajoleuse pour dire et tu sais, j'ai réfléchi à tout ça, je me demande si on ne pourrait pas avoir un animal, finalement, un petit chien qu'on choisirait ensemble, quand tu reviendras, hein, tu en penses quoi, je réponds que j'en pense rien, que je ne sais pas, que pour le moment je ne compte pas revenir, que je cherche encore à traquer la vérité, à comprendre qui je suis, dans la chaîne des femmes, dans l'ombre de ceux qui ont existé avant moi, elle dit oui, je sais, tu m'as déjà expliqué tout ça mais, et elle semble en colère cette fois, sa voix se fait plus forte, arrête de me mentir alors, si tu prétends que tu veux la vérité, arrête de dire que tu vas revenir, arrête de dire que tu prends soin de toi, tu te fous de moi, je sais très bien que tu traînes en guenilles toute la journée, que tu ne fais rien, absolument rien du temps qui passe, elle me réprimande, elle fulmine, elle crie tu me gonfles, avec ta vérité, si tu savais comme tu me gonfles, parce que ça ne veut rien dire, la vérité, tu entends, ça n'existe pas, la vérité, surtout venant de toi, franchement, c'est à mourir de rire, elle hurle, maintenant, très fort, elle aboie et tu sais quoi, idiote, la vérité et le mensonge, c'est comme les bandits et la police, c'est la même chose.

Le lendemain matin, je reprends ma lecture. Je tourne les pages. Je lis l'amour fou, la passion qui prend toute la place. Je lâche le livre, avec une phrase d'Ysé fichée dans ma tête comme une flèche. Elle dit à Mesa *et voilà le passé et l'avenir en un même temps renoncés*. Peut-être est-ce cela que je suis en train de faire, là, renoncer au passé, renoncer à l'avenir. Bye, apé, bye, aha, bye, le futur ! Toutes les histoires racontent la même histoire, c'est bien connu. C'est encore ça, le *Partage*, encore une histoire de passion amoureuse. On sait bien que ça finira mal, que ça va mal tourner pour Ysé et Mesa. On s'en doute. Alors à quoi bon ? Pourquoi continuer cette lecture, pour y trouver quoi ? Pourquoi imaginer Ysé, pourquoi m'imaginer filmer cette histoire, cette femme, pour renouer quel lien, tisser quelle toile ? Je monte l'escalier taillé dans la colline quatre à quatre, pour aller nager. Elle n'est pas là, la femme au sourire, la Joconde de la pistoche, et heureusement, parce que je ne suis pas d'humeur.

Je dis, et je sursaute en entendant ces mots sortir de ma bouche, je dis à Mesa que ce que nous désirons, ce n'est pas créer, c'est détruire. Ce n'est pas une question, c'est une affirmation. Je poursuis, ma pensée avance toute seule comme un cheval au galop, nous désirons détruire afin qu'il n'y ait plus que lui et moi, et que lui en moi, et que moi en lui, et je continue, nous désirons détruire afin qu'il ne reste plus que la rage et la tendresse et il avait raison, ah ça oui, il avait entièrement raison lorsqu'il soutenait que je n'apporterais pas le bonheur. Je lui confirme que ce n'est pas le bonheur, que je lui apporte, c'est la mort, sa mort, et aussi la mienne avec la sienne. Je lui confie que je hais mon mari, celui qu'on appelle mon mari, que je voudrais ne plus jamais le voir, que c'est lui, Mesa, mon bien-aimé. Au fond de moi, je sens que ce que je cherche, dans le vertige de la chair, c'est une manière d'échapper à ma condition de femme. J'en ai assez d'être une femme, d'être la femme de mon mari, j'en ai assez d'être une mère. Mesa me tire de mes pensées, il crie mon prénom. Je dois lui faire peur, car il crie mon prénom. Ysé ! Il dit qu'il s'en fout de tout, que je l'aime et que ça le rend l'homme le plus fort du monde. Que c'est tout ce qui importe.

Je nage bien, aujourd'hui, je nage même très bien. Les mouvements du haut du corps s'articulent parfaitement avec les mouvements du bas. Je suis synchronisée, c'est assez rare pour que ça me réjouisse. Mes gestes ont de l'amplitude, ma phase propulsive est efficace, ma phase de glisse, n'en parlons pas. Je suis perdue, je suis triste et puis aussi heureuse. Je suis triste et pleine d'amour. Je suis heureuse, et aussi j'ai honte. J'ai un feu perpétuel qui chatoie derrière mon nombril, qui brûlote entre mes cuisses, qui fait comme un torrent dans mon ventre, et en même temps j'ai honte de qui je suis. Il me dit de ne pas être triste. Mais je suis mariée à un autre, je l'ai épousé, je lui ai juré fidélité. Et j'ai eu des enfants de lui. Merde. Mais merde, quoi ! Qu'est-ce que je vais devenir ? Je suis interdite, je suis impensable, je suis impossible.

C'est ma mère qui me téléphone. Ça n'arrive jamais. Je tressaille en entendant sa voix, j'ai peur qu'elle se soit aperçue de mon larcin. Mais non, elle dit qu'elle s'inquiète, qu'ils s'inquiètent tous, mes parents et puis eux, mon frère, ma sœur. Elle dit qu'elle voudrait que je revienne, ou que je ne reste pas seule. Je lui demande de but en blanc, sans préambule, je ne sais pas ce qui m'arrive mais j'ose, j'ose enfin, j'arrive à parler, je lui demande est-ce que tu sais quelque chose sur Jeanne, la mère de ta mère, est-ce que tu sais pourquoi elle a abandonné ses enfants. Il y a un long silence au bout du fil, je suppose qu'elle ne va jamais me répondre, qu'elle va faire une pirouette, qu'elle va se dérober encore une fois, mais finalement elle parle, elle dit moi, ce que j'ai toujours cru, c'est qu'elle était partie pour avorter, qu'elle était enceinte mais qu'elle ne voulait pas de cet enfant supplémentaire, et que ça s'est mal passé, et qu'elle est morte, loin de tout, qu'elle est morte avec son enfant dans le ventre.

Des cliquetis, le bruit du métal qu'on frappe contre le métal, de l'acier qui entrechoque de l'acier, fort, très fort, là, sous mes fenêtres. Je jette un œil, depuis mon poste d'observation. Sur la place du village, trois hommes sont en train d'installer une estrade, ils sortent des monceaux de ferraille d'une camionnette dont ils n'ont pas pris soin de couper le moteur. Tout ça fait un bruit fou, dont les murs pourtant épais de la maison n'arrivent pas à me protéger. Le soleil leur tape sur le crâne. Ils hurlent, pour couvrir le boucan. Ils vont et viennent, affairés. Le moteur de la camionnette ronronne, un ronflement agaçant, bien trop régulier. Ils sont torse nu. Ils transpirent à grosses gouttes, de grosses gouttes qui se perdent dans les poils qui couvrent leur buste. Les barres métalliques se cognent lorsqu'ils les sortent de la camionnette, se cognent lorsqu'ils les balancent sur la place, à l'endroit où ils construisent l'estrade. C'est pour la fête du 14-Juillet. Fin de l'acte deux.

3

Tout va péter.

Ce qu'elle était belle, cette maison, pourtant. Une somptueuse maison coloniale, le chic ultime, nichée au milieu d'une jungle de banians, ces arbres venus d'Inde aux grosses racines aériennes qui font comme des chevelures sombres tombant du ciel. Et au milieu de toute cette végétation, ma maison. À l'étage, cette grande pièce, un très beau volume, comme on dit, cette grande pièce entourée de vérandas auxquelles on accède par de larges baies vitrées donnant sur la jungle. Et pas seulement la jungle ! D'un côté, à l'ouest, on aperçoit le fleuve qui se divise en deux bras, le beau fleuve jaune et calme, avec ses bras comme deux serpents jumeaux, et tous ses bateaux qui sont comme de minuscules écailles mouvantes, et puis la muraille qui entoure la ville, un peu plus loin, la belle muraille avec ses beaux créneaux anciens, et derrière, encore plus loin, mais si on plisse les yeux, on l'aperçoit, la ville, la grande ville, et ses pagodes, et ses couleurs, et ses Chinois ! Côté ouest, vers le couchant, on peut contempler des heures les verts ahurissants des rizières et les montagnes bleues qui les bordent. J'ai admiré à l'infini ces verts-là, accoudée aux balcons des vérandas de la maison. De ma maison. Une merveille. Mais elle va péter. Elle va péter avec moi, Ysé, avec moi dedans. Il y a une bombe sous la maison. C'est Amalric qui l'y a mise, pour être sûr que les Chinois ne nous prendront pas vivants. C'est l'insurrection là où nous sommes, les Chinois nous cernent, ils assassinent les résidents étrangers, et nous sommes probablement les prochains sur la liste. Hors de question de finir comme ça, a dit Amalric, avec qui je vis depuis que j'ai quitté Mesa. Il a miné la maison pour que nous échappions aux assiégeants. Et tout va péter. Vous entendez ? Tout va péter ! Je regarde autour de moi. C'est ma pièce préférée, ici, à l'étage. Je m'y suis toujours sentie à l'abri, à l'abri de la ville, à l'abri de la Chine, à l'abri du monde et à l'abri de moi.

Je regarde pensivement mon grand lit de cuivre qui est mon abri dans l'abri, mon refuge dans le refuge, avec sa moustiquaire comme une cabane. Ma coiffeuse et son miroir qui me font me sentir femme, qui me rendent belle rien qu'à exister, splendeurs taillées dans du bois noble, lustrées avec soin. Le canapé en velours bleu nuit, dans un coin. Mon armoire, mes robes qui traînent çà et là, toutes plus élégantes les unes que les autres. Ses trucs à lui, aussi, ses godasses dans un coin, sa pipe, une chemise roulée en boule. Un fusil. Des sacs de terre. Et des matelas éventrés qui servaient il y a encore quelques jours à obstruer les fenêtres des vérandas. Des cartouches tirées qui jonchent le sol, mon beau parquet. Je voudrais du silence. Je voudrais du silence pour contempler tout ça une dernière fois avant que tout explose. Mais on n'entend plus que des détonations, des cris, des gongs qui vibrent le long du fleuve, et, plus loin, comme pour signifier que la vie continue, le brouhaha que font des acteurs chinois qui répètent une pièce, avec la sauvagerie de leur langue qui m'échappe et de leur théâtre auquel je ne comprends rien. Comme si le théâtre pouvait perdurer après tout le reste. Tout va péter, mais le théâtre va continuer ; oui, c'est ça, à d'autres.

Le soleil se couche, là-bas, derrière les montagnes bleues et fumées. De longs et grands rayons rouges, étirés, passent à travers les feuilles des banians pour dessiner sur les murs et le parquet de belles calligraphies dans ma pièce adorée. Que c'est beau ! Un spectacle dont je ne me lasserai jamais. Chaque soir, c'est mon heure préférée. Mon bébé dort enfin, dans la pièce d'à côté. Enfin je ne l'entends plus, enfin, oui, enfin ! Dieu merci, l'enfant s'est tu. La ville s'est calmée, elle aussi, un peu calmée, derrière ses murailles. Et le soleil vient tapisser de rouge les murs de ma cabane princière. Je vais m'asseoir devant ma psyché. Je me regarde. Tout va péter, alors autant me regarder une dernière fois. Une bonne fois pour toutes, les yeux dans les yeux. Essayer de savoir qui je suis, avant de disparaître.

Pas mal, quand même. Pas mal, Ysé ! Belle gosse, Ysé. Je me regarde, dans mon peignoir blanc, mon grand peignoir de laine. J'ai coiffé mes cheveux en une longue tresse qui vient me chatouiller le bas du dos. Je me regarde de profil, de face, de l'autre profil. J'écarte mes lèvres, je me rapproche du miroir, je regarde mes dents. Pas mal, hé. Blanches comme il faut, alignées comme il faut. Je regarde mes mains. Je vais polir mes ongles, tiens. Mes beaux ongles aux belles lunules bien blanches. Quel geste stupide, de me polir les ongles alors que tout va péter. Mais justement, soyons bourgeoise jusqu'au bout. Bourgeoise et drôle. J'entends des bruits de pas, mais je ne m'affole pas, je reconnais les siens, je les reconnaîtrais entre mille. Oui, c'est bien lui. Il entre dans la pièce, il sera bientôt là, dans mes bras. Je distingue son ombre dans le miroir, il m'enlace par-derrière. Je me tourne vers lui, je lui tends mes bras, lui tends ma bouche. On s'embrasse longuement, je sens sa langue chercher la mienne, la coincer contre mon palais, il me dévore. Ah, je l'adore ! Il veut se relever mais j'en veux encore, alors je m'agrippe à lui un peu trop violemment. Aiiiiiiiieuuuh, putain, merde, chier, il hurle. Oh non mon chéri, je t'ai fait mal, je demande, effrayée surtout à l'idée qu'il réveille le gosse. Non ça va, j'ai juste l'épaule déboîtée, il grogne. Et je suis sale, mais sale, j'ai envie de prendre un bain ! Je t'aime, je lui murmure, le cœur battant. Le soleil se couche, il répond. Tu vois, il part, il insiste en regardant les derniers rayons rouges mourir sur le parquet, c'est fini, tout est fini, on ne nous le ramènera plus jamais. Je soupire et je conviens que oui, il n'y a rien à dire, c'est la dernière fois qu'on voyait le soleil puisque la maison va exploser, et c'est triste de se quitter ainsi, adieu, adieu mon beau soleil ! Et d'un coup, je suis prise d'un doute, je lui demande si c'est vrai, si c'est bien vrai que nous allons mourir. C'est vrai, vraiment vrai, il n'y a aucun moyen de faire autrement ? Hein, Amalric ? C'est la vérité ?

Tout va péter. Peut-être bien que tout va péter. J'ai l'impression que la bonbonne de gaz fuit, depuis quelques jours, dans la cuisine de la maison. Heureusement, la fenêtre ne ferme plus complètement depuis belle lurette, alors j'échapperai peut-être à l'explosion. En attendant, j'essaie de penser à bien fermer le gaz, le soir, en allant me coucher. Je me penche sous la cuisinière, j'ouvre la trappe et je serre fort l'écrou. La chatte fauve semble ne jamais avoir sommeil et me regarde faire, avec ses yeux de princesse criminelle. Elle passe sa vie à assassiner des mouches d'un coup de griffe, avec une précision déconcertante, un petit sourire dans les moustaches, de grosses mouches noires qu'elle laisse agoniser sur la faïence blanche. La maison est plus vivante que moi. Les chattes. Les poules. Les animaux que j'entends marcher, volatiles ou nuisibles, dans le grenier au-dessus de ma tête ou derrière les parois des murs. La porte d'entrée qui grince, les parquets qui craquent. Les tuyauteries anciennes qui ne cessent de se racler la gorge. La lumière qui va et vient, toute la journée. Moi je ne sors plus, presque plus, je vis dans son ventre, le ventre de la maison, je suis happée par le *Partage*. Je laisse le livre à regret quand il est l'heure d'aller à la piscine. Je sors dans le jardin, tout de même. Je vais chercher les œufs. Je regarde le pommier qui avait été foudroyé par l'orage, un autre été, repousser de manière anarchique en plusieurs branches qui sortent de terre, surmontées de minuscules pommes vertes émouvantes et fripées et je me demande si quelque chose repoussera un jour en moi. Quand je suis de retour dans la grande pièce qui me sert de bureau, le soleil rouge vient lécher le vieux parquet vermoulu. Je suis comblée quand je songe que demain, à la même heure, le soleil rouge reviendra lécher le vieux parquet vermoulu. Et après-demain. Et ensuite encore, et quand je ne serai plus là pour le voir, encore et encore. Cette maison est plus vivante que moi. Elle me survivra. Je ne peux pas envisager qu'elle saute. Ses fondations sont trop profondes.

Nous nous disputons avec Amalric, comme souvent, mais cette fois, c'est trop. Il me fait des tonnes de reproches infondés, me rappelle des histoires anciennes qui me font souffrir. Je hurle. Je lui dis que ce n'est pas vrai, tout ça, qu'il sait très bien que ce n'est pas vrai, qu'il sait bien que je ne suis pas la sorcière qu'il décrit. Oui, certes, j'ai trompé de Ciz, mon mari, j'ai eu Mesa pour amant, Mesa l'homme de Dieu pour qui j'étais pourtant impossible, oui, c'est vrai aussi, je suis tombée enceinte de Mesa après un an d'une passion délicieuse et dévastatrice, inavouable et inoubliable, et je l'ai quitté illico pour me jeter dans les bras d'Amalric, Amalric que je trouvais pourtant balourd et encombrant, et avec qui j'ai élevé ce bébé né d'un double péché. Mais j'aime mon bébé, j'aime mes autres enfants, ceux que j'ai eus avec de Ciz, je pensais pouvoir les retrouver après notre voyage en Chine et maintenant je suis coincée là et je sais que je vais mourir, que nous allons mourir. Je m'effondre. Il se lève, vient vers moi, me prend dans ses bras. Il embrasse mes tempes. Le réconfort est de courte durée, il va se planter devant une des fenêtres qui donne sur la ville, ses yeux se perdent au loin, il dit fais-moi du thé.

L'eau bout, dans la casserole. Je la verse doucement sur les pétales au fond de la théière, mais malgré mes précautions, j'en mets un peu à côté. Comme tous les soirs, je me prépare une décoction de coquelicots. J'ai lu dans un magazine scientifique que c'est une plante sédative qui permet de lutter contre les troubles du sommeil. Ici comme ailleurs, depuis le jour blanc, je dors mal, je ne dors pas, alors des coquelicots séchés, pourquoi pas. Je repose la casserole sur la gazinière, je fais attention à tourner le bouton du gaz pour fermer la bonbonne. J'attends que ça infuse. Je donne à manger aux chattes, leurs croquettes du soir, un ramequin pour la chatte fauve, et, à l'autre bout du jardin, une assiette pour la vieille chatte. Sinon, si elles mangent ensemble, côte à côte, la petite chatte attaque l'autre. Je ne sors qu'une seule tasse, pour moi.

Il décrit ce qu'il voit, les rizières vertes qui deviennent rouges, avec le feu et le sang des combats. Il n'entend pas que je pleure, bouleversée par notre dispute, notre énième scène de ménage. Lorsqu'il se retourne enfin, il le voit, il voit les larmes sur mes joues, au-dessus de la théière. Il vient, il m'enserre. Je lui reproche d'être dur, si méchant envers moi, beaucoup trop cruel pour nos derniers instants. Il dit qu'il ne faut pas que je pleure comme ça. Il n'y a plus de thé, ou presque, il ne reste plus rien. Nous avons été coupés du monde, avec cette insurrection, nous n'avons plus de vivres depuis des jours et des jours. Je ne sors qu'une seule tasse, pour lui. Il est violent, affreusement brutal, et pourtant je lui donne de bon cœur le thé qu'il reste, tout comme je lui donnerais de bon cœur le dernier quignon de pain, s'il y en avait. Je n'ai plus faim, je n'ai plus soif. Il me reste seulement l'envie de mourir, de ne plus exister, que personne ne me méprise plus comme il le fait, comme ils le font tous. J'ai tellement honte, quand j'y pense. Une femme comme moi, il vaut mieux qu'elle meure, non, Amalric ? Quelle pauvre fille je fais, quelle trajectoire de vie. Une vie bien moche, tiens. Mais quel soulagement de penser que nous sommes barricadés et que tout va péter.

Elle a trompé son mari, Ysé. Elle a quitté son mari, Ysé. Elle a quitté ses enfants, Ysé. Elle ne sait plus où ils sont, ses enfants, Ysé. Elle a quitté le navire de sa vie. Elle a quitté Mesa qui l'aimait plus que sa vie à lui et dont elle était enceinte. Et à peine l'avait-elle quitté qu'elle s'est jetée dans les bras d'Amalric. Elle dit que là c'est trop, que c'en est trop, qu'elle n'en peut plus, qu'elle est beaucoup trop seule, beaucoup trop arrachée à ce qu'elle aime, à ceux qu'elle aime, qu'elle est trop malheureuse, qu'elle est déjà trop punie, et qu'elle voudrait mourir vite, maintenant, s'il vous plaît merci.

Je fais ce que je peux, Ysé. Tu vas mourir, ça semble inévitable. Mais quand tu vas mourir, moi, je vais devenir quoi ? Quand je vais revenir chez moi, dans la ville grouillante, après ces jours seule dans le ventre de cette maison, ces jours passés juste avec toi, je vais faire quoi ? Quand je sortirai ma carte d'identité et que je verrai ton prénom, ton prénom à côté du mien, que je penserai à toi dans ta belle maison chic, là-bas en Chine, quand je penserai à toi luttant contre ton cœur, contre ton ventre, toi qui as vécu sans hésiter, sans tergiverser, toi qui appelles la mort, maintenant, d'une toute petite voix, penchée au-dessus de ta théière, toi qui dis *je vais mourir, et je suis contente qu'il n'y ait plus rien*, je vais faire quoi, de tout ça ? Quand je vais retourner vivre auprès d'elle, à qui je ne peux plus parler, quand je penserai à la carte d'identité que l'enfant, notre enfant, n'aura jamais, je vais faire quoi ? Je ne veux pas que tu meures, tu entends ? Je veux que tu sois là, pas loin, à rire même quand c'est dramatique, la vie, à rire aux éclats surtout quand c'est dramatique, avec ta grande bouche sous tes chapeaux de reine, tes pieds nus sous tes longues robes claires, et le soleil dans les yeux, le soleil de midi.

À mon bureau, je triture mes cheveux qui sont de plus en plus secs avec les kilomètres que je fais chaque jour dans l'eau chlorée. On dirait du foin, au toucher. Je pose la tasse de coquelicot près de moi, j'attrape mon stylo noir. J'entoure les mots d'Ysé, Ysé qui dit *je vais mourir, et je suis contente qu'il n'y ait plus rien*. J'entoure Amalric qui soutient qu'ils sont des créatures *de réalité*. Je le sais bien, qu'ils sont des créatures de réalité. Ils vivent autour de moi, ils sont là, avec moi, dans cette maison bien loin de la Chine. C'est la vérité. Ils me protègent du regard de la femme de la piscine qui me suit partout, comme le témoin infatigable de ma chute dans l'abîme. C'est comme si je pouvais voir Ysé monter et descendre l'escalier, poser un vinyle sur la platine, cueillir des pivoines dans le jardin, draguer au village celui-ci ou celui-là, écrire à Mesa qu'elle l'aime bien plus que tous les autres hommes réunis, et pourtant elle en aime, des hommes.

Assise devant mon miroir, j'enlève patiemment, une à une, les épingles qui tiennent ma longue tresse, et les peignes que j'ai mis dans mes cheveux. L'éclat argenté de mes épingles, la douceur de l'ivoire de mes peignes, mes objets adorés… tout va partir en fumée. *Un petit moment encore, et, patience, nous ne serons plus là !* Comment penser que c'est vrai, que c'est ce qui va se passer, d'ici quelques heures ? Mais je vous le jure, c'est ma dernière nuit, c'est la vérité. Mes cheveux dégringolent sur mes épaules et sur le haut de la chaise. Belle gosse, Ysé, quand même. Je me souris. J'entends des pas dans l'escalier. Amalric, parti faire un tour après notre dispute de tout à l'heure, déjà de retour ? Non, ce ne sont pas ses pas, je reconnais les siens, je les reconnaîtrais entre mille. Alors quoi, qui ? Je frémis. Quand la porte s'ouvre, je ne bouge pas, je me tiens droite, figée, paralysée. Je ne perçois qu'une masse sombre dans mon miroir, une silhouette derrière la moustiquaire qui s'approche de moi. C'est un Chinois venu me tuer, je ne vois que ça. C'est le moment, le grand moment. J'ai le cœur qui bat à tout rompre, sous mon peignoir. Il s'approche encore. Il va frapper. Il va m'égorger. C'est maintenant ! Je ferme les yeux.

Sur la place, les trois hommes torse nu sont revenus. Ils portent des planches qu'ils fixent à l'architecture métallique qu'ils ont installée. Il fait si chaud, dehors, l'air est étouffant. Dans la maison, il fait frais. Mais dès qu'on sort, c'est comme l'intérieur d'un four. Je surveille le ciel ; ça va péter, c'est sûr. Un bon orage qui rendra l'air à nouveau respirable. Je suis étonnée qu'ils portent encore des pantalons épais, qu'ils ne fassent pas leur construction en slip. Je les observe par la fenêtre. Ils beuglent au-dessus du bruit du moteur de la camionnette qu'ils n'ont toujours pas coupé, au-dessus des cris des mômes qui jouent au foot un peu plus loin, au-dessus de la radio qu'ils ont réglée sur une station qui ne passe que des tubes des années passées, des vieilles chansons qui les font chanter en chœur avec des voix à la Johnny Hallyday. La virilité. Partout, dans le village, des affiches jaune fluo annoncent la grande fiesta qui va se tenir pour le 14 juillet, juste là, sous mes fenêtres. Le programme est le suivant. Le matin, le maire accompagné de la gendarmerie du village au grand complet apportera au monument aux morts une gerbe de fleurs, en présence des anciens combattants. Une chorale chantera les chants patriotiques attendus. Le soir, l'harmonie municipale jouera le temps d'un apéritif offert par la mairie. Puis un dîner à prix modique, mais sur inscription, sera servi. Chacun pourra s'installer, avant le feu d'artifice qui viendra clôturer la soirée, sur les tables mises à disposition gracieusement, et un *band* de musicos du coin jouera sur la grande scène les standards des fêtes de village. Accordéon, chanteuse, tout le tintouin.

Je ne bouge pas. Je n'y arrive pas. Je suis glacée, je suis bouillante. Une statue. Je ne sais plus comment je m'appelle. Il y a un silence interminable. Puis la voix de Mesa, la voix de mon amant, mon amour, mon maître, la voix de Mesa sort des ténèbres et me fait un long discours qui me laisse muette. Glacée. Il me demande pourquoi je n'ai jamais répondu à ses lettres, il m'apprend que mon mari est mort, cet égoïste de mari, il me dit que maintenant qu'il est mort, on peut se marier devant Dieu. Il ajoute qu'avec son poste de fonctionnaire, il a un laissez-passer qui nous permettra de fuir, il me prie de me lever et de le suivre, il va me sortir de là. Je me tais. Je ne bouge pas d'un cil. Une statue, je suis une statue. Il me demande ce que j'ai fait de l'enfant. Je garde le silence. Ysé, est-ce qu'il est mort ? Mesa se reprend, non, il sait bien que je ne l'aurais pas laissé mourir, que je n'aurais jamais fait ça. Je baisse la tête. Il veut son enfant, il veut que je lui donne son enfant. Il va le sauver. Je garde le silence. Ysé, est-ce que tu l'as tué ? Il fait un mouvement pour sortir de la chambre, s'il est dans la maison, alors il va le trouver, cet enfant, il va le trouver, le prendre et le sauver. Au même moment, la porte s'ouvre, Amalric entre dans la pièce. Les deux hommes se cognent presque. Qui est là, gueule Amalric. C'est moi, répond Mesa. On n'y voit rien. La pièce est plongée dans le noir, une vague lueur de lune fait qu'on distingue les silhouettes des meubles mais c'est tout. J'entends le pas lourd d'Amalric qui avance au centre de la pièce, vers le lit. Il craque une allumette. Les deux hommes se regardent, le temps que l'allumette se consume. Je regarde les deux hommes se regarder, dans le reflet de mon miroir. Je suis pétrifiée. Une statue.

Ah, Mesa, dit Amalric, tiens donc, eh bah je ne suis pas du tout heureux de vous revoir, mon vieux. Mesa répond d'une voix monocorde qu'il est simplement venu reprendre sa femme et surtout son enfant. Amalric lance qu'il ne lui rendra ni l'un ni l'autre, donc bon, pas la peine d'insister, allez, *ciao*. Mesa, de sa voix sourde, réplique qu'il les sauvera malgré ce que pense Amalric. Amalric ricane, comme si tout cela était le comble du ridicule. Dans le noir, il s'adresse à moi, que dis-tu de tout cela, toi, Ysé ? Tu préfères quoi ? T'en aller avec l'autre tocard et vivre avec lui, toi et le bébé, et puisqu'on n'y voit plus rien, dans cette chambre de merde, si tu souhaites ça, si c'est bien ça que tu souhaites, alors fais un mouvement, étends la main ! Je garde le silence, je ne bouge pas. Ou bien tu veux mourir avec moi, hein, Ysé ? Je ne bouge pas, je suis une statue, je garde le silence. Ça suffit, hurle Mesa, ça suffit ! Il y a une grande agitation d'un coup, dans mon dos. Dans le miroir, j'aperçois l'éclat d'un pistolet, c'est Mesa qui l'a tiré de sa poche. Je vois le profil massif d'Amalric se jeter sur Mesa pour lui arracher le flingue des mains. Ils s'empoignent, les silhouettes luttent l'une contre l'autre. Le grondement haletant des respirations mêlées et frénétiques des deux hommes bourdonne dans mes oreilles, prend toute la place dans la pièce. Les bruits sont affreux, les coups dans la chair, les os cognés, le parquet qui grince sous les corps qui tombent, qui continuent à se battre au sol. D'un coup, un bruit plus sec, plus mat que les autres, un blanc, et puis ne reste le souffle que d'une seule respiration. Le silence se fait. Je ne bouge plus. Assassin, je crie doucement, sans savoir de qui je parle, ignorant qui a tué et qui a été tué. Assassin ! La lampe s'allume. Et dans le miroir, je vois que c'est Amalric qui a allumé la lampe. Le corps de Mesa est par terre, sur le parquet, dans une drôle de posture. Juste là où le soleil couchant venait lécher le bois il y a quelques heures.

Amalric, en se relevant, défroisse d'une main son costume de lin. Je lui souris, dans le miroir. Il s'approche de moi par-derrière, m'embrasse la tempe. Je le prie de ne pas laisser le corps de Mesa par terre. Il approuve d'un mouvement de menton, soulève Mesa comme si c'était un baluchon, le traîne jusqu'au canapé de velours bleu où il le laisse retomber brutalement. Comment a-t-il pu arriver jusqu'ici, ce tartignole, soupire Amalric. Je lui réponds qu'il avait un laissez-passer sur lui, écrit en chinois, qui lui avait permis de franchir sans problème les barrages des gardes qui entourent notre maison. Amalric se redresse d'un coup, une lueur triomphale sur le visage. C'est pas vrai, Ysé, mais pourquoi tu ne l'as pas dit plus tôt ? Nous sommes sauvés, il exulte, nous sommes sauvés, Ysé ! Il hurle, laissant éclater sa joie qui rebondit sur les vitres des vérandas. Ouais, nous sommes sauvés, je répète. Il me dévisage. Il y a un silence. Vu d'ici, ça n'a pas l'air de te remplir de joie, il dit. Et tu sais quoi, j'ajoute, du même ton maussade, tu sais quoi Amalric, mon mari est mort, lui aussi, c'est Mesa qui me l'a appris, on va même pouvoir se marier. Il ne prête pas attention à ma mine sinistre, à ma voix éteinte. Il exulte de soulagement, il danse d'allégresse, il pleure presque, il trouve que c'est une excellente soirée, la plus belle depuis longtemps, il est enfin débarrassé de ses deux rivaux, et il va vivre, il va continuer à vivre, il jubile, il est ravi, euphorique, il répète qu'on va se marier, oh quelle fête ça va être, on va se barrer d'ici et on va se marier, Ysé, c'est dingue ! C'est magique, la vie, parfois, Ysé, hein, c'est fou, mon coquelicot, quelle fête que l'existence !

Je n'ai pas bougé de mon fauteuil face au miroir. Je lui fais signe, dans le reflet, qu'il arrête un peu ses danses clownesques, je lui désigne le corps de Mesa d'un mouvement de main, je lui demande si on peut l'emmener avec nous, parce qu'on ne peut quand même pas l'abandonner aux Chinois. Ça va pas la tête, non, me lance Amalric, t'es givrée ou quoi, chérie ? On va le laisser là, sur son canapé, et il sautera avec la baraque quand nous serons déjà loin. Très bien, j'abdique, alors fouille son corps, on ne va rien laisser si tout doit péter, et lui avec. Amalric a un mouvement de répulsion mais obéit, il s'approche du canapé bleu, se baisse sur le corps de Mesa et fouille ses poches. Il retire un papier de la poche poitrine de sa chemise. C'est une lettre. Une lettre cachetée, avec un morceau de cire, à l'ancienne. Il déchiffre ce qu'il y a écrit dessus. Ceci est mon testament, il lit, avec un ton théâtral, un geste ample du bras accompagnant sa lecture. Il empoche l'enveloppe, en pouffant de rire. Quel sombre imbécile, il s'esclaffe, il a toujours été à côté de ses pompes, celui-là. Puis il me dit allez on se casse d'ici, prépare-toi, j'ai vu le bateau arriver, on a le laissez-passer, tout est bien, va chercher le bébé, je t'attends. Je me lève sans un mot. Je pousse la porte de la chambre de l'enfant.

Tout va péter. C'est sûr. Il fait trop chaud, beaucoup trop chaud. Les journaux alertent sur la canicule, les restrictions d'eau, les vieux et les bébés à bien hydrater. À bien hydrater, sinon. Les trois hommes torse nu, sur la place du village, la grande place rectangulaire en dallage blanc, on dirait qu'ils vont se mettre à se battre à la moindre anicroche. Ils sont de plus en plus tendus, ils ne chantent plus les chansons de Johnny Hallyday en imitant sa voix, ah ça non. Il règne désormais un silence exceptionnel. Ils continuent leur gros œuvre, à poser des planches et des barres de fer, mais tout se fait sans le moindre bruit. On n'entend même plus les matériaux qui s'entrechoquent. Sous mes fenêtres, un silence rare, inhabituel. Un silence de mort. Je reviens dans la pièce, la grande pièce, je ne sais pas combien de temps après. Dans un rayon de lune, je croise la clarté des yeux d'Amalric qui me regarde, interloqué. Eh ben, il me lance, et le bébé, il est où ?

Il est mort, je dis.

On a fait tout comme il voulait. On a enfoui quelques effets personnels dans une seule valise en croûte de cuir. On a mis des habits ordinaires, les plus neutres possible. On est descendus de la grande pièce sans un regard pour Mesa, sans un regard pour l'enfant mort, on est sortis de la maison, ma maison, ma belle maison, on a commencé à descendre le chemin de terre qui serpente entre les banians. Je suivais le briquet d'Amalric qu'il tenait allumé pour nous guider, la lune ne suffisant pas. On marchait vers la cohue, vers les bruits de l'insurrection, les coups de feu, les hurlements. On marchait vite. Amalric portait la valise de la main gauche. De la main droite, il tenait le briquet. Je marchais dans ses pas, en essayant de ne pas glisser. J'avais peur que quelqu'un surgisse et m'agrippe le bras, me tire en arrière. On a pris un chemin excentré pour arriver au port, où une jonque nous attendait. Amalric avait tout prévu. D'un coup, sur le chemin, un grand Chinois flanqué de cinq autres s'est interposé dans la lumière de la lune. J'ai frémi. Mon Dieu comme j'ai eu peur ! Mon cœur a failli s'arrêter. Mais Amalric a montré le papier trouvé sur Mesa, avec des signes incompréhensibles dessus. Il a juste eu à le montrer, et le grand type s'est effacé, comme il avait surgi, aussi vite, sans un bruit, il est retourné dans les ténèbres avec son escorte. Amalric a pivoté vers moi, il m'a souri dans le halo du briquet, il a levé le pouce en signe de victoire et il a continué à marcher. On a atteint le bord du fleuve, le fleuve beau comme un serpent, quelqu'un a sifflé, on a marché en direction du sifflement et on y était. On était arrivés à la jonque qui allait nous sortir de cet enfer ! Enfin ! On est montés à bord. Amalric m'a prise dans ses bras, sans réussir à articuler un mot.

Ils arrivent, ils arrivent, crie un môme dans la rue, ils arriiiiiivent, et sa voix va loin, très loin dans les aigus, il a des étoiles dans les yeux, il est rouge comme une petite pomme essoufflée, et on entend les pas, d'abord on entend les pas, le claquement des semelles sur l'asphalte fumant, clac, clac, clac, la régularité, le même rythme exactement dans les foulées, et puis on les aperçoit, oui, si on plisse les yeux, on les voit qui descendent la grand-rue, la seule rue du village, ils fixent droit devant eux, ils sont tous habillés pareil, un pantalon sombre et une chemisette blanche, les femmes comme les hommes. Le défilé du 14-Juillet. C'est l'harmonie municipale, ceux-là, on le voit puisqu'ils portent tous des instruments qui brillent au soleil comme des armes, les flûtes traversières, les bassons, les trompettes, les cors, les cornets à piston, un euphonium, une grosse caisse. Or ! Argent ! Métal qui brille, métal qui étincelle, métal qui éblouit ! Ils passent dans la rue et depuis ma fenêtre ça fait comme un fleuve qui ondoie, avec tous ces chatoiements cuivrés. Ils sont suivis par les gendarmes en tenues bleu marine. Eux aussi marchent au pas. Puis apparaît le maire, écharpe tricolore sur ventre opulent, immense gerbe de fleurs dans les bras, paire de lunettes de soleil dernier cri sur le bout du nez. Il sourit à la foule qui s'est massée sur les deux trottoirs de part et d'autre de la grand-rue. Il lance en passant des boutades au boucher et au boulanger, une œillade à la pharmacienne. Et enfin suivent les anciens combattants, cortège disparate de vieillards avec des cannes, de vieillards que l'on pousse dans des fauteuils, les jambes cachées sous des couvertures de laine malgré la chaleur. Ils passent sous ma fenêtre. Clac, clac, clac, les semelles. Ils contournent le Trésor public pour se rendre devant le monument aux morts. Je pose mon livre. Je me jette dans l'escalier de la maison, je tire derrière moi la porte qui grince, je ne vais quand même pas louper ça.

J'entre le plus silencieusement possible dans la maison, dans ma maison chérie. Je n'en reviens pas d'avoir réussi à m'enfuir de la jonque où Amalric s'est endormi à peine nous étions montés à bord. Je n'arrive plus à marcher normalement, je me sens plus légère qu'une feuille, c'est comme si je dansais, comme si mon corps entier dansait. Je monte directement dans ma chambre. Je caresse du bout des doigts la moustiquaire en dépassant mon lit, je passe devant mon miroir adoré. Je pousse la porte de la chambre du bébé. Je ne la referme pas. Et enfin, enfin, je pleure. Je fonds en larmes. Les sanglots font frissonner tout mon corps. Je chancelle, je grelotte. Je pleure. Je pleure, je pleure. Les larmes m'aveuglent. Je suis comme déjà morte, comme un fantôme. Dans ma chemise de nuit blanche, éclairée par la lune, je me suis fait l'effet d'un spectre lorsque j'ai croisé mon reflet dans le miroir de ma coiffeuse. Je pleure. Mon bébé. Mon bébé comme je t'aimais. Comme je t'aime ! Mon tout petit bébé. Mon si petit. Mon bébé. J'entends mon prénom, mais je dois rêver. Qui pourrait encore prononcer ce prénom ? Ce prénom n'existe plus. Ce prénom a sombré dans l'oubli, et bientôt moi aussi. Ysé. Ce prénom, plus personne n'en veut, plus personne n'en voudra jamais. Prénom maudit. Prénom de sorcière. Prénom de folle. Prénom de mère assassine ! Pourtant je l'entends. Je retourne dans la grande pièce. C'est comme si je flottais à la surface du parquet. Je marche mais mes pas ne font aucun bruit. J'ouvre tous les tiroirs, ceux de ma coiffeuse, ceux de la grande armoire, je passe mes mains sur les rayons vides. Il n'y a plus rien, tout a déjà été pillé. Je me mets sur la pointe des pieds pour chercher en hauteur. Non, plus rien. Je descends au rez-de-chaussée de la maison. Dans la salle à manger, dans le bureau, je fouille partout, sans faire aucun bruit. Rien. Il n'y a plus que moi, dans ma maison somptueuse et saccagée. Alors je hurle. Je pousse un cri qui vient du plus profond de mes entrailles. Un hurlement effroyablement aigu, un hurlement qui se module comme un chant. Je pense à la vie que j'ai eue, à la vie qui est passée si vite. Puis je retiens mon souffle. Cette fois, c'est sûr, j'ai entendu mon prénom. Quelqu'un le crie, à l'étage. Est-ce mon bébé mort qui m'appelle une dernière fois ? Je monte l'escalier, j'ondoie au-dessus des marches. Mon bébé ! Mon bébé ! J'arrive, mon bébé ! Je croise à nouveau mon reflet dans le miroir. Je suis blême, livide, aussi blanche que mon costume de nuit. Avec mes cheveux détachés qui m'arrivent au bas des reins, j'ai l'air d'une échappée de l'asile. Un fantôme. *Ysé ! Ysé ! viens ! viens !* et je comprends que la voix provient de la dépouille de Mesa. Je me tourne vers le canapé, j'accours, je vole presque, je me jette à ses pieds, je pose mon bras sur ses genoux. Péniblement, il pose sa main sur ma tête. Mesa, je murmure, je suis Ysé, c'est moi. Il demande si c'est vraiment moi, il dit qu'il m'a tellement vue en rêve qu'il ne sait plus, il dit que je ressemble à un fantôme, à celle qu'il avait vue, jadis, sur le paquebot, il demande si je vais disparaître comme chaque fois qu'il a rêvé de moi, si je vais m'évanouir dans quelques secondes. Je lui réponds que les rêves sont finis, qu'il n'y a plus que la vérité. Oui. *Tout est devenu vrai.* Je lui dis ça, je lui dis tout est devenu vrai.

En ce jour de fête nationale, les symboles républicains sont convoqués pour honorer ceux qui ont servi la France. L'harmonie est arrivée près du monument aux morts et s'est rangée en lignes bien dessinées, toutes et tous se tiennent droits, debout, les instruments à la main, le regard fixe et implacable malgré la lumière trop crue. Le maire arrive à son tour. Il pose au pied de la stèle de granit la gerbe qu'il tenait dans ses bras et qui le rendait pataud. La lumière miroite sur son crâne chauve. Il sue à grosses gouttes, dans son costume trop serré, il essuie ses mains moites sur son écharpe tricolore. Il demande, d'une voix qui se veut forte mais qui se noie dans la rumeur ambiante, le bruit du marché du dimanche, des enfants qui courent, des villageois qui conversent, il demande que tout le monde se taise et respecte une minute de silence. Pour la France ! Pour la patrie ! Chuuuut, ordonnent des vieilles aux mouflets qui jouent, chuuuut. Alors la foule se tait, certains baissent la tête, on se concentre, sous le soleil de midi, pour penser à nos morts dans le cagnard du siècle. Moi je pense à toi, Ysé, aux morts de mon propre monument aux morts, c'est vous, c'est toi, c'est Jérôme, c'est Jeanne, et puis c'est l'enfant sorti inerte de moi. Voilà qui c'est. Le maire cligne des paupières, a un léger mouvement de menton qui veut dire merci à tous, comme un artiste ému devant un tonnerre d'applaudissements, il remonte d'un doigt ses lunettes de soleil qui glissent aussitôt sur la pente de transpiration que forme son pif, il soupire. Puis, de la même voix qu'il voudrait forte, il annonce que la cérémonie va prendre fin avec la *Marseillaise* interprétée par l'harmonie municipale. Messieurs-dames, s'il vous plaît, pour la patrie !

Je ne sais pas comment lui parler. Je ne sais pas comment faire. Je ne sais pas ce que je peux encore espérer. Oui, que m'est-il permis d'espérer ? Les mots me manquent et je sens mon cœur flancher. Je lui demande de garder sa main sur mon front, quoi que je dise, de la garder jusqu'au bout, jusqu'au bout de ce que j'ai à dire et jusqu'au moment où nous allons mourir dans l'explosion de la maison. Il promet qu'il va le faire, bien sûr que oui, il va garder sa main dans mes cheveux d'or, mes cheveux d'or parsemés d'argent. Il déclare que nos combats sont terminés, qu'il est fini le temps de la passion, que nous sommes au-delà de la joie, que la flamme entre nous est devenue un feu, c'est comme si nous avions un double cœur, lui et moi. Alors j'y arrive, enfin, je me mets à parler, je t'annonce, Mesa, je t'annonce que notre enfant est mort. Et je sanglote à nouveau, de la morve partout dans mes longs cheveux, sur mon costume de nuit.

Je pleure. Je m'affole légèrement, dans un premier temps je ne comprends pas très bien ce qui m'arrive mais je pleure, d'abord une larme glisse le long de ma joue, je me persuade que ce n'est rien, rien du tout, je dois être éblouie par le soleil qui se reflète dans les instruments levés au garde-à-vous, c'est le soleil de midi qui me pique les yeux, qui fait comme une loupe, non mais c'est vrai, quoi, je n'ai pas versé une larme, pas une seule, depuis le jour blanc, mais très vite c'est un ruisseau, et je pleure, je pleure, je ne m'arrête plus de pleurer, pendant que l'harmonie joue l'hymne national, que je déteste pourtant, que je déteste de toutes mes forces, et qu'ils jouent faux. Les larmes m'aveuglent, je suis gênée de pleurer autant, je me mets en retrait de la foule amassée là, mais on m'a repérée, les vieux se retournent sur mon passage, j'ai le visage déformé tant je sanglote, de la morve partout dans mes cheveux, je ne saisis pas bien ce sentiment patriotique qui semble me prendre soudain, je me dis que ce sont tous ces ors et tous ces argents dans le soleil de midi, je ne vois que ça, mais c'est la mort d'Ysé qui me fait trembler, qui me bouleverse, qui me démolit parce que là-bas, en Chine, c'est sûr, tout va péter, et elle avec.

Je rentre dans la maison. Je me réfugie à l'abri de ma tanière. Je tire la porte dans mon dos, elle grince, je lui en suis reconnaissante. Je pleure toujours autant en montant l'escalier. Je sors dans le jardin par la cuisine, je suis accueillie comme une vedette par les miaulements des deux chattes. Le parfum fétide des fruits tombés des arbres me caresse le nez. Tout va péter. Il fait une chaleur que je n'ai jamais connue, le thermomètre à mercure suspendu à un volet indique quarante-deux degrés. Sur la place, les festivités continuent selon le programme annoncé. Le marché bat son plein jusqu'à deux heures de l'après-midi, puis les forains se dispersent et les boulistes viennent jouer malgré l'écrasante touffeur. Ils jouent torse nu, tous, les plus jeunes comme les anciens, c'est un étalage de torses, certains lisses comme du caoutchouc, d'autres fripés comme de vieux troncs d'arbre, et je crois qu'ils n'ont pas la force de parler. On n'entend que l'entrechoquement des boules, très fort. Même s'ils jouent sur une piste de sable, ça résonne sur le dallage blanc de la place toute proche, ça résonne dans le grand silence qui s'est abattu sur le village, ce genre de grand silence qui précède ou suit un grand drame. Derrière les volets tirés de la maison, j'observe, j'attends, je me demande combien de temps il reste avant que l'orage éclate.

Je t'écoute, Ysé, murmure Mesa. Il nous reste combien de temps, tu crois ? Est-ce que tu entends quelque chose, est-ce que tu vois quelque chose ? Je lui réponds que je ne vois et n'entends plus que son cœur, les battements de son cœur. Je lui dis de ne pas avoir peur, il ne reste que peu de minutes, le tic-tac sous la maison avance, tout va aller vite, à présent, très vite. Tout va péter. Il réplique que son corps frémit mais que son cœur tient bon. Courage, Ysé.

Je m'allonge sur le sofa de la grande pièce, je ferme les yeux. Je voudrais dormir mais je ne parviens pas à trouver le sommeil. Je vais arriver au bout du livre, au bout du livre à la couverture jaunie offert par Maxence. Je vais bientôt arriver à la fin de mon séjour ici, les habitants de la maison vont revenir, il y aura à nouveau du bruit et de la vie. Il faudra songer à retourner chez moi, chez nous. C'en sera fini de ma solitude, de mon silence, de mon tête-à-tête frontal avec Ysé. J'ai vécu un peu plus de trente ans sans savoir qui elle était, et voilà que je ne peux pas l'imaginer morte, que ça me fait pleurer, moi qui ne pleurais plus, que ça me rend malade, que ça me donne envie de dormir pour l'éternité. Je me tourne et me retourne sur le sofa. Je voudrais dormir, mettre un instant mon esprit au repos. Je regarde le livre posé sur le parquet près de moi, la drôle de montagne qu'il forme, posé à l'envers. J'ai du mal à tourner les dernières pages. J'ai du mal à trouver le courage de lire les ultimes répliques, leurs paroles finales, à eux, là-bas, ces amants au fin fond de la Chine qui vont sauter ensemble, unis à jamais et pour toujours autour de la mort de leur enfant. Je me lève. Je contourne la chatte fauve qui dort, elle, roulée en boule sur un bout du tapis. Je m'approche de mon bureau de fortune, je prends l'exemplaire de *Partage de midi* que j'ai dérobé chez mes parents, le papier cristal de la couverture bruisse sous mes doigts. J'ai envie de lire les derniers mots d'Ysé dans mon exemplaire de voleuse. J'ouvre le livre de ma mère. Le papier est aussi jauni que celui de l'exemplaire offert par Maxence et les pages sont gondolées par endroits, comme si elles avaient pris l'humidité. Dans cette édition, il y a beaucoup de textes qui entourent la pièce, une présentation, des annotations, une notice, une chronologie. Je cherche tout de suite l'acte trois, voilà, j'y suis. *L'action est dans un port du Sud de la Chine, au moment d'une insurrection.* Je parcours les didascalies du début du troisième acte, lorsque Ysé est encore vivante, dans sa belle maison.

On entend un moment dans la pièce voisine de faibles cris d'enfant qui s'apaisent. Je sens un frisson parcourir ma peau en songeant à l'absence de cris de mon enfant, le jour du drame, quand un silence blanc, un long silence assourdissant m'a entourée, un silence si fracassant que j'en ai perdu la parole. Un silence qui m'a rendue muette face à la question du médecin, elle est jolie cette petite fille, elle s'appelle comment ? *Entre Ysé vêtue d'un large peignoir de laine blanche, les cheveux en une longue tresse sur le dos.* Je vais m'asseoir en tailleur sur le sofa, avec le livre de ma mère. La chatte ouvre un œil, zigzague jusqu'à moi, se recouche entre mes jambes pliées. Je cherche la réplique où j'en étais, l'endroit exact où j'ai laissé Ysé. Mesa lui disait d'avoir du courage, et il m'en faut aussi, pour leur faire mes adieux. Je ne sens plus bien les contours de mon corps, je me sens floue. Mes yeux se posent à nouveau sur la page. Je sursaute. Elle est entièrement gribouillée. Des répliques sont entourées, il y a des choses écrites dans les marges, et des points d'exclamation viennent ponctuer le dernier dialogue de Mesa et Ysé. Je reconnais l'écriture de ma mère. Je parcours à l'envers tout le livre, je découvre des pages et des pages presque noires de remarques au crayon à papier, de commentaires au stylo, on a entouré les mêmes répliques, à travers le temps on a fait les mêmes gestes. Vertige. Tous ces mots de ma mère qui me sautent aux yeux.

Coincé dans un pli de la couverture en papier cristal, un imprimé attire mon attention. Je le détache, je le déplie, c'est le programme d'une mise en scène de *Partage de midi*. Le papier est très fin, comme s'il avait pris l'eau, lui aussi. Le spectacle se jouait quelques années avant ma naissance, les dates de représentation sont indiquées sur le premier feuillet. Sur le programme, une brève présentation du spectacle fait face à la distribution. Le personnage d'Ysé est en premier. À côté, sur la même ligne, le prénom et le nom de ma mère. Il y a aussi écrit Amalric, Mesa, de Ciz, décors, costumes, éclairages, musiques avec des noms inconnus accolés. Mes yeux ne cessent de parcourir la même ligne : Ysé, suivi du prénom et du nom de ma mère. Toutes ces annotations, ce seraient donc ses notes de jeu ? Ysé vertige, Ysé spirale, Ysé vortex. Tu vas mourir, Ysé, mais tu me laisses un trésor. Je me perds dans le tournis de ses annotations, j'accède au passage secret dont j'avais rêvé dans la grotte, j'ai trouvé l'entrée du tunnel vers celle qui m'a mise au monde, celle qui m'a donné mon prénom, et qui ne me parle pas. Des semaines que je joue à Ysé sans savoir qu'elle t'avait jouée, Ysé ! J'ai l'impression de mettre ma paume contre sa paume, comme j'avais voulu le faire avec la femme de la Préhistoire, comme j'aurais voulu le faire avec Jeanne. Ysé passage. Ysé prodige. Ysé miracle ! Je rouvre le livre à la première page. Comme elle le fait toujours, dans tous ses livres, ma mère a indiqué en haut à droite la date et le lieu de sa première lecture. Au stylo plume, elle a écrit l'année, et en dessous : lu tout l'été, à Sousse.

Je n'ai pas besoin de courage. Je me lève. Je déplie ma carcasse. Je me tiens droite devant lui, bien droite dans ma robe blanche, ma robe de mariée, ma robe de fantôme, ma robe d'internée, les yeux fermés dans le rayon de lune. Je lève mes bras en croix. Par une des fenêtres ouvertes s'engouffre le vent qui vient soulever mes cheveux, mes longs cheveux. Regarde-moi, Mesa, je gronde presque, regarde mon visage tant qu'il est encore temps, et regarde-moi debout dans la lumière de la nuit ! Regarde-moi et continue à me parler, s'il te plaît, ne t'arrête pas même quand je ne t'entendrai plus. Regarde-moi, Mesa, ouverte, dépliée, là, devant toi, offerte, lève-toi aussi, oui, lève-toi de ce vieux canapé et viens à mes côtés, viens près de moi, et regarde comme je danse, et danse avec moi. Mesa, regarde comme je danse ! Regarde comme je ris, Mesa, comme je n'arrête plus de rire aux éclats et de danser. Hé, Mesa, dans quelques minutes nous serons libérés, alors regarde comme je danse, dans ma robe de mariée, dans ma robe de fantôme, avec mes cheveux dans le vent de la mort, et viens, oui, lève-toi, accompagne-moi vers là où nous allons, vers l'enfant que nous allons retrouver. C'est le partage de minuit, tu entends, le grand partage de minuit.

Je déplie lentement ma carcasse lorsque j'entends les premières notes, dérangeant la chatte qui n'a pas bougé d'un pouce, je vais à la fenêtre et j'ouvre les volets. Sur la scène que les hommes ont montée pendant des jours, les musiciens sont là. Un guitariste, un bassiste, un accordéoniste, une chanteuse. Un, deux, elle dit, dans le micro. Un, deux, est-ce que vous m'entendez ? Les gens sur la place disent oui, ils entendent, ouiiiiiii, ils dégustent le repas à prix modique, sur inscription, du melon et du jambon de pays pour l'entrée. Alors elle se met à chanter, elle commence par un tube de Johnny. Je referme les fenêtres. Je vais me rasseoir sur le sofa. Je bascule en position allongée. Mon corps forme la plus petite boule possible. Je suis un fœtus dans le ventre de la maison. Je n'entends pas. Je ne veux pas entendre, moi. Je ne veux pas entendre. Je ne veux rien savoir. Je pense à ma mère, à Jérôme, à Sousse, aux théâtres de leurs vies. J'ai envie d'appeler ma mère. J'aimerais qu'elle me parle, qu'elle me raconte la Tunisie, comment c'était de découvrir Ysé en sachant qu'elle allait jouer ce rôle, ce que ça lui avait fait de l'incarner. J'ai envie, pour la première fois, de lui raconter le jour blanc, de lui en parler. J'ai envie de lui décrire la voix si douce du médecin qui répétait elle est jolie, cette petite fille, elle s'appelle comment. J'ai envie de lui dire, à elle seulement, à elle et à personne d'autre, j'ai envie de lui dire son prénom. Tu sais, maman, elle s'appelle Vera. On avait choisi ce prénom qui vient du latin parce que ça veut dire la vérité. Et tu sais, maman, j'ajouterais en chuchotant, je crois qu'elle te ressemble.

Ce sont des pétarades qui me sortent de ma rêverie. De petits bruits de pétard, d'abord, puis de vraies déflagrations. Je me précipite à la fenêtre. Je me suis levée trop vite, j'ai un vertige. Je pense à elle, là-bas, si loin de moi. Je la revois dans la grotte, quand je lui expliquais que je voulais m'enfouir. Je la revois à la maternité, le jour blanc. Je revois la suite, comme en accéléré, la pendule sur le mur du bloc opératoire, les chaussons turquoise du balayeur du hall de la maternité, le portrait de Jeanne, le fossoyeur, mon voyage à Sousse, Tutu, les cours de danse, les biceps de Maxence, le restaurant de Belleville, je revois son ravissant sourire désolé devant toutes ces aventures que j'ai menées pour oublier le jour blanc, pour l'enfouir au fin fond de ma mémoire, je revois le train de nuit, Claudel que je ne voulais pas lire et qui m'a peut-être sauvée. Je me demande ce qu'il m'est permis d'espérer, maintenant. Si je vais téléphoner à ma mère, rentrer chez moi, reprendre le cours de ma vie à ses côtés. Je me demande si nous aurons un autre enfant.

Dehors, la nuit est tombée sur la place. Un garçon hurle à son père mais viiiiite on va louper le feu d'artifice, dépêche-toi. Ah, oui, le feu d'artifice ! Une détonation. Une lueur bleue dans le ciel de plomb. Boum. Une détonation. Une lueur blanche. Boum. Une détonation. Une lueur rouge. Je grimpe les marches quatre à quatre, je vais en haut, tout en haut, je monte au grenier, le plus près possible du ciel. Et là, par la lucarne où cinq araignées blanches tissent une grande toile, je regarde le feu d'artifice donné sur le versant opposé de la colline. Je sursaute à chaque détonation. Boum ! Boum ! Boum ! Lueurs bleues, blanches, rouges, lueurs vertes et dorées. Boum ! Les astres qui semblent descendre du ciel. Boum ! Tous mes fantômes. Jeanne ! La femme de ma préhistoire. Jérôme ! Le roi de cœur. Boum ! Une lueur plus vivace que les autres, et je sais que c'est toi, Ysé, qui sautes, dans ta robe blanche. Boum ! De la charpie humaine qui descend du ciel. Boum ! Des bouts de cotonnade blanche partout dans l'air. C'est ta robe, Ysé ! Ysé, plus jamais il n'y aura de feu d'artifice sans que je pense à toi. Boum ! J'ai l'impression que la maison tremble. Ysé ! C'est l'univers entier qui va péter. Je jette un coup d'œil à la pendule. Il est minuit. Minuit pile.

Composition : Soft Office
Achevé d'imprimer
par Normandie Roto Impression s.a.s.
61250 Lonrai, en juin 2022
Dépôt légal : juin 2022
Numéro d'imprimeur : 2202692

ISBN 978-2-07-296814-3 / Imprimé en France.

402838